Arbër Ahmetaj
# Varri i braktisur
roman

*Për nënën time, Zaden, dhe vajzat
e mia: Dea e Deborah.*
*Autori*

Copyright © Arbër Ahmetaj
Brussels, Belgium, 2020
All rights reserved.

# **RL** BOOKS

RL Books
is part of "Revista Letrare"
www.revistaletrare.com
info@revistaletrare.com

Ahmetaj, Arbër
VARRI I BRAKTISUR : roman / Arbër Ahmetaj ;
red. Ornela Musabelliu
- Ribot. - Tiranë : RL Books, 2021
216 f. ; 11.1 x 17.8 cm.
ISBN 978-9928-324-14-6
1.Letërsia shqipe    2.Romane

821.18 -31

Përgatitja për botim: Shqipto.com
Design: Dritan Kiçi
Fotografia: Nicolas Dhervillers

Arbër Ahmetaj

# VARRI I BRAKTISUR

**RL** Books

2021

# ZOGU I ZI

Përballë dritares sime është një kopsht katror, si sirtar i gjelbëruar. Një zog këndon aty gjithë ditën e lume. Kënga e tij më hyn në dhomë dhe më bëhet zot. Me të më flet për veten dhe fisin e tij. Ulur në karrige, shoh një ëndërr. Pastaj edhe një tjetër, edhe shumë të tjera me jetën time e të fisit tim. I përkundur prej asaj kënge, tash nuk shoh më asgjë tjetër veç ëndrrave.

## ËNDRRA E PËRZIER ME REALITET

Në hapësirën sipër meje, që përbën edhe qiellin e të tjerëve, gjenden aty-këtu flluska ajri. Gjithçka është përmbytur në shi. E marr veten time të vogël, ashtu të pa mësuar me rrugët, e dal fill e në udhë të madhe. Një makinë e çuditshme, e betontë, gëlltit një flluskë ajri dhe më lë me gisht në gojë. Gjithmonë më qëllon të mbetem me gisht në gojë, më së paku një herë në çdo dy raste. Kështu më merret fryma dhe e ndaloj veten në oborrin zhurmak të shkollës. Rregulloj edhe një herë arnën e stërmadhe në bythë të tutave dhe bëj të hyj. Jam i lagur.

Ja ku janë ata, mësuesit, poshtë një parulle të

madhe, që na thotë se çfarë duhet të mësojmë në shkollë, përpara se të mësojmë mësimet. Ata që i kanë shpikur këto mësime kanë lindur diku larg. Në vendet e tyre ka pllakosur një tmerr i pashoq, sepse njerëzit nuk i mësuan mirë ato. Ne i zbatojmë dhe jemi të lumtur. E marr përsëri veten, që harrohet duke lexuar parullën, dhe e fus në klasë. Klasa është një sirtar katror, i mbushur plot me koka të vogla, të qethura. Kur hyjmë, veten time e pyesin pse u vonua dhe ajo përgjigjet:

"Po binte shi.".

Sot, koka jonë i shpëtoi tërheqjes dashamirëse të veshit, bile as "kokë qen" nuk na thanë. Për kaq gjë e ndjemë veten të lumtur. Por nuk i shpëtuam një katre të madhe, nga ato që vihen në dy kuti. Nuk na kujtohet se në ç'lëndë u shpërblyem kësisoj, por koka jonë mban mend se si u shpërblye për këtë mosdije vetëm pak orë më vonë.

Kjo ndodhi në shtëpi. Shtëpia jonë ka lidhje me një fabrikë të importuar nga një vend vëlla apo motër, nuk na kujtohet. Dimë që prodhoi vetëm javën e parë ca klithma të lemerishme dhe një vjelltinë të tymtë. Dy gëzime solli për qytetin brenda një jave: të parin, kur u hap dhe të dytin, kur u mbyll. Ndërsa për shtëpinë tonë solli edhe një lumturi tjetër: me dërrasat e ambalazhit të makinerive ndërtuam muret e folesë sonë. Mendojmë se kjo nuk është pak për një fabrikë.

Im atë, gjithë pasditen rri ulur në minder duke pirë

cigare e përgjuar gabimet tona. Vetja ime e trembur ia sheh leshin në kraharor dhe guxon fshehurazi ndonjëherë ta përfytyrojë si kafshë të rrezikshme gjahu. Katra jonë "në dy kuti" është një gjah i majmë për të dhe vetja ime përfundon nën panxhat e tij prej samartari.

Nuk e di nëse vetja ime ju ka treguar se ati ynë punon samartar, qep e ndreq samarët e botës. Vetja ime shpesh shkon dhe e ndihmon për të rrasur kashtën apo për t'i afruar ndonjë vegël.

Në një prej këtyre ditëve, vetja ime mësoi diçka të thjeshtë, por që s'mundi ta kuptonte atëherë. Një i afërm i kishte treguar babait, në prani të vetes sime, se si kishin dashur ta burgosnin vetëm pse mbante kalë të bardhë. Kalë të bardhë mbante vetëm kryetari e jo tjetërkush. Kështu që i afërmi ynë ishte detyruar ta shiste. Mirëpo, vetja ime, që e donte atë kalë më shumë se të gjithë njerëzit e familjes së të afërmit tonë, nuk mund t'ia falte atij që tek e fundit nuk ishte bërë kryetar, vetëm e vetëm që kalin të mos e shiste. As kryetar nuk ishte bërë, as kalin nuk e ka. Ja ç'do të thotë të jesh budalla. Vetja ime mendonte kështu, ndërsa ndiqte fillin e vështirë të bisedës në mes të kushëririt dhe babait. Ai, kushëriri, iu lut së fundi babait t'i bënte një samar të shtrembër për mushkën. Donte ta plagoste me dashje, që të mos ia merrnin në stërvitjen e ardhshme ushtarake. Do të nxirrte raporte mjekësore për mushkën! Pak kohë më vonë, vetja ime mori vesh se kushëriri e kishte shitur edhe mushkën dhe në vend të saj kishte blerë një gomar shumë të papashëm, me vlerën e vetme se nuk ia varte njeri. Historia e kuajve të kushëririt tim nuk merr fund këtu, por vetja ime nuk ka pasur kohë të merret shumë me kuajt dhe fatin e tyre.

## *SI NËPËR ËNDËRR, REALITETI*

Gjithkush e ka një gjyshe. Ndoshta nuk e kanë ata që kanë lindur në epruvetë ose ata që quhen njerëz të rinj e janë krijuar sipas broshurave kapakëkuqe. Gjyshja ime quhej Galë dhe e dini pse? Vetëm sepse rimonte me fjalën përrallë.

Galë-përrallë, bukur ë?

Kur m'u rritën flokët, zura morra. Jo nga ata të vegjlit, që ngjajnë me kristale dëbore në të shkrirë e sipër, por nga ata të zinjtë, që aq shumë u ngjajnë merimangave të sapolindura. Shkurt fjalët: alamet morrash. Shëtisnin morrat nëpër kokën e vetes time e ndonjëherë edhe i kruhej.

Për kruajtjen, vetja ime nuk fajësonte gjithmonë morrat, se shumëkujt i është kruar ndonjëherë edhe pa pasur morra. Pasi zuri morra, vetja ime shkoi drejt e te gjyshja. Ajo di marifete për t'i qëruar. Burri i gjyshes, që ka qenë edhe gjyshi i vetes time, ka treguar një herë se gjatë luftës i shkundnin morrat me fshesë ose me tri-katër thupra të njoma. Lufta kishte ndodhur atëherë kur gjyshi u bashkua me një grup njerëzish, që ndiqnin një ushtri të shpartalluar për ta asgjësuar krejtësisht. Kështu, gjyshja e ka filluar qërimin e morrave qysh në mbarim të luftës së fundit. Siç e shikoni, nuk është ndonjë përvojë që mund të përbuzet. Ulur përballë, në gjunjë, mbështesja kokën e vetes time në prehrin e saj, që mbante erë qumësht, dhe i lutesha të më tregonte një përrallë. Fliste thuajse duke kënduar, me një zë pak të gërvishtur, që sikur i dilte nga gërvima e kockave dhe humbëtira e shekujve të harruar.

...ishte një nënë, që kishte shtatë djem,
shtatë djem-o, me emrin Omer...

Kënga-përrallë bënte fjalë për një kohë që nuk mbahej mend, ngjarjet e së cilës kishin ndodhur në anët tona. Vetes i mbylleshin sytë dhe shihte në ëndërr një jetë-gjëmë mbi një shkretëtirë të mbushur me klithma dhe plagë, zjarre dhe piskama të egra...! Në fushë-betejë kishin mbetur eshtrat e qenve, divave, kuajve, ciklopëve, njerëzve dhe ëndrrave për shekuj me radhë. Mbi këto gërmadha, një nënë me emrin Ajkunë lindte nga një Omer për vit dhe nga një Omer për vit i vritej. Përpjekjet e vetes time për të mbetur sa më gjatë në atë shtjellë viskoze legjende, se mos shihja kund ndonjë dritë shpëtimi, hapësirë rozë apo të bardhë paqeje e qetësie, ishin të kota.

Me pjesën e zgjuar të arsyes së vetes time mendoja sa shumë ka zgjatur ajo ëndërr dhe se ajo këngë ishte vërtet e gjatë dhe e frikshme. Ndërsa pjesa tjetër e vetëdijes së vetes time shihte një hapësirë të akullt, si prej qelqi të ftohtë, ku e thyenin qafën edhe shpresat më të qëndrueshme, ku mund të gjeje togje të tëra me shpresa të kalbura e të ngrira. Mbi këtë atmosferë notonte një piskamë hënore dhimbjeje. Vetëm frutat e një peme të kafenjtë përpiqeshin të shponin akullin për ta populluar atë ftohtësi.

Një zog i zi mprehte sqepin në një thep akulli në formën e shpatës. Kur vërejta me kujdes, poshtë akullit dukeshin mijëra trupa njerëzish të sakatuar, pa kokë e gjymtyrë, vetëm me një ngërdheshje nënnjerëzore, të palëvizshme. Vargu fatal i këngës-përrallë më oshtinte ende në veshë:

*...shtatëqind vjet do t'jua djeg kullat,*
*shtatëqind vjet do t'jua vras qentë...*

Mund të shiheshin lehtë me mijëra kulla në flakë dhe mijëra qen të vrarë. Tallazet e lehjeve, të përziera me flakë, përpinin qiellin. Në këtë katrahurë, rastësisht, vetja ime shquajti ca fragmente këmbësh të bukura femre, që po përpëliteshin mbi kurrizin muskuloz të një mashkulli. Burri gulçonte mbi trupin e butë të femrës. Ky qosh e mbuloi krejt fushën e pakmëparshme, duke u vendosur në qendër, pasi i fshiu të gjitha pamjet makabre. Akti i thjeshtë i çlodhjes, kënaqësisë, përvëlimit dhe ripërtëritjes e kishte qetësuar botën.

Dikur ata mbaruan. Po pushonin. Përmasat e tyre erdhën duke u rritur e duke u rritur, derisa një çast, trupi i femrës u hap dhe nga barku i saj lindi një foshnje! Një foshnje shtatë vjeçe. Burri e mori nëpër duar dhe, pas pak, thirri sa mundi:

"Omereee!", sikur donte t'ua dhuronte zotave. Zotat nuk dëgjuan. Nuk kishin birë në vesh. "Omereee, Omeeree, Omeer!", ushtonte bota. Bota shurdhace.

Koha ndërroi shpejt. Nga ditë u bë natë dhe nga natë përsëri ditë.

"Ngrehu", i tha vetes sime gjyshja, "Ty nuk të hiqen morrat pa flibol". Më erdhi keq, se shpresoja të mos arrinte puna deri aty. Me sa duket, e kisha sjellë me vonesë veten te gjyshja. Kjo do t'i kushtonte kokës së vetes sime jo vetëm erën e rëndë, por edhe një përvëlim flakuritës. Përfundova në mbrëmje me kokë të lyer, duke iu lutur gjyshes Galë të vazhdonte tregimin e përrallës. Fundja, ajo atë punë ka: të më heqë morrat dhe të më tregojë rrëfenja. E për çka duhen tjetër plakat? Vetes sime po i digjte koka prush, kur gjyshja rifilloi përrallën:

"Ushtritë ishin vënë përballë njëra-tjetrës. Beteja do të rifillonte shpejt. Hakmarrja nuk vonoi. Omeri i lindur dje, mbante në dorë një armë të çuditshme, një pishë të stërmadhe me majë të ndezur, që, siç dukej, duhej ta vërviste larg, në zemër të ushtrisë armike ose në oborrin e kullave të tyre.

Në fillim u dëgjua një klithmë. Gjithçka u mbështoll në tym të trashë e të zi. Mbi kryet e Omerit, përpara se ai të vërviste armën, u rras një rreth i zjarrtë, që e përvëloi krejt, brenda pak minutash. Trupat e njerëzve, ashtu të vdekur, përvëloheshin në puset e dhjamit të shkrirë. Luftohej trup me trup. Burrat kafshonin njëri-tjetrin në gurmaz, i rrasnin shoqi-shoqit thonjtë në sy, ia nduknin koqet, ia shqyenin barkun dhe ia hanin mëlçinë e zezë ose shpretkën. Edhe zemrën. Qindra ujqër e sodisnin këtë pamje prej një vendi të qetë e, edhe pse nuk nguteshin, ua kishin lakmi njerëzve. Do të mbeste edhe për ta ndonjë send prej kësaj thertoreje. Do të ngopeshin për nja tre breza ujqëror me këtë ushqim. Shpejt u bë natë. Burri, që kishte bërë dashuri mbi botën e përflakur, e gjeti të birin dhe e varrosi shpejt nën kurorën e një ahu. Vonë natën u kthye në shtëpi. Veç hëna, thonë, e pa, hëna e qorruar, qyqe e vetme në kupë të qiellit.

E shoqja e pyeti: "A kund djali?". "A kund, a kund, kund, kurrkund nuk asht", ulërinte ai e nga trarët binin merimanga, ashkla, gjarpërinj të ngrirë, zogj të ngordhur, akrepa, gjithfarë bubaçësh e copa bloze.

Pastaj gruaja:
k  kukukuku
k  kukukukukuku
u  kukukukukukukukuku
k kukukukukukukukukukuku
u kukukukukukukukukukukukukukuku
kukukukukukukukukukkukukukukukukuk

"Djali im i vdekur, djali im në varr, djali im i vdekur, kuku!". Në vend të syve një vrimë të zezë qielli, në vend të flokëve një re të egërsuar, në vend të këmbëve dhe duarve flatra të errëta dhe të fuqishme korbi, kobzeza fluturim e te varri i të birit. Te varri i vet, te varri i dashuri-krimit të saj, te varri i shpresës, te varri i botës së mallkuar, i burrit të saj të nëmur, te varri i të shkuarës, të sotmes dhe të ardhmes së saj.

"Unë nuk kam pjellë fëmijë, unë kam pjellë varre, nuk kam pjell njerëz, kam pjell ushtarë! M'u shtjerrtë barku! Ku-ku për mua e për pjellën time!". Ahu nuk lëviz. Lugjet e Verdha nuk lëvizin. Varri i të birit nuk lëviz. Aty është, i zi, i ftohtë, pa fjalë. Nga vrimat e zeza, që kishte në vend të syve, rrodhën lot, nga reja e egërsuar u lëshuan vetëtima, nga dridhja e flatrave të errëta, ahu lëvizi, Lugjet e Verdha u drodhën, një shpellë drite u hap në qiell... mbi varr, një nënë qan të birin duke e lutur:

*"...dil njëherë, k'si burgut t'zi*
*hyp në gjog e luej me zana,*
*se ty vorrin ta ruen nana...!"*

Gjithçka ndryshon brenda një minute. Varri zhdavaritet, drita bëhet jeshile dhe një zanë afrohet. Omeri, krejt i pastër dhe lakuriq, hipën në kurriz të rrezes dhe, duke ikur, e porositë të ëmën që ka mbetur e ngrirë: "M'u kujdes për atë varr, ma ruaj atë varr, është i imi e ndoshta do të na hyjë në punë ndonjëherë. Lamtumirë!".

Veç hëna thonë se i pa, hëna qorre, e vetme në kupë të qiellit.".

Fati i morrave tashmë merret me mend. Qëndrimi im në fshat mori fund.

## FATE QENSH TË NDRYSHËM
### -qen njëshi-

Zotit dhe zonjës Meilton u vdiq qeni dje pasdite. Lajmin për të marrë pjesë në hidhërimin e tyre, bashkëngjitur të cilit ishte edhe një "curriculum vitae" e qenit Pluto, e gjeta poshtë derës.

Lindur në pjesën e dytë të gjysmës së këtij shekulli, nga prindër të fisëm, i ati, qen besnik dhe miqësor i zotit Smith Hemeri, i njohur në armatën britanike me pseudonimin "Skifteri", dhe e ëma, bijë e meçkës së zonjës McWen, e cila kishte lidhje gjaku me familjen mbretërore. Tragjedia e vdekjes së një qeni me biografi të tillë, realisht duhej të përfshinte në trishtim të paktën një të tretën e këtij shteti të mjegulluar.

Ishte insistimi i zotit Meilton që ceremonia dhe funerali u përmblodh vetëm me të afërmit dhe me fqinjët. Fotografia e qenit Pluto u la me lot gjatë gjithë kohës që isha në shtëpinë e tyre, mbushur me pleq të zbehtë, që hurbnin çaj dhe flisnin për mjegullat. I lumtur që gjeta mirëkuptimin e çiftit Meilton dhe të të pranishmëve të tjerë, pasi kërkova leje dhe përdora gjithë kortezinë e mundshme për t'u shprehur ngushëllimet e mia të sinqerta, u largova. Jam i bindur se edhe pas një viti do të më ftojnë në ceremoninë përkujtimore. Ndoshta atëherë nuk jam! - thashë me vete dhe ndjeva se po më ushtonte koka. Diçka lehëse po ma gërryente trurin.

## NJË KUJTIM I VOGËL, QË NUK MË HIQET NGA MENDJA

Në faqet e nënës time ka rrudha të thella. Mishi është arratisur me kohë, për t'u lënë vend këtyre rrudhave. Mes tyre, një ditë shquajta një kokërr të madhe loti. Më lindi befas një dëshirë shkallmuese për të qarë. Qava. U kënaqa duke qarë. Nuk e di pse. Ndoshta ngaqë m'u duk se në kokrrën e lotit të saj gjeta gjithë lotët e mi të paderdhur. Duhej të qaja patjetër. Kraharori më ulej e më ngrihej sikur dikush po më shkundte me tërë forcën. Nuk qava në sy të nënës, por ajo më kishte hetuar.

Vonë në mbrëmje, kur po ndiqja veprimet e saj, tek mbështillte vëllain tim të vogël me një grykë çizmeje llastiku, që të mos i dilte shurra në dyshek, ajo më pa dhe... ia plasëm përsëri një vaji të gjatë, të thellë, të bukur, të përnjëhershëm. Nuk e harroj kurrë kënaqësinë që më dha ajo e qarë në kraharorin e nënës. Edhe sot e kësaj dite nuk e di arsyen e vërtetë pse qamë atë natë. Di që ajo e qarë nuk mund të përsëritet më. Kur ia kujtova nënës vite më vonë, psherëtiu.

# KUFIRI

Gjithçka e ka një kufi. Dy sende ndahen nga njëri-tjetri me diçka. Këtë "diçka" po të duam e quajmë kufi. Edhe dy njerëz dallohen nga njëri-tjetri dhe ne po të duam themi: ata kanë një kufi që i ndan. Dy dhoma ndahen me mur, të cilin, po të na mbushet mendja, e quajmë kufi. Dy shtëpi ndahen me avlli, me gardhe, me një rrugë, që, po të duam, i quajmë kufij. Dy qytete ndahen nga një mal, një luginë, një lumë dhe ne po të duam i quajmë kufij. Kufij administrativ. Nëpër harta të ndryshme ngjyrosen me lapsa me lloj-lloj bojërash. Dy shtete ndahen nga njëri-tjetri me vija të njohura dhe shpesh të respektueshme. Nëpër këto vija, ne vëmë piramida, posta, dogana, postblloqe, bunkerë, topa, raketa, ushtarë dhe skelete njerëzish. E quajmë kufi.

Bota jonë ndahet nga planetët e tjerë me shtresa të pafundme ajri, zbrazëtie dhe errësire. Ne këto i quajmë kufij ndërplanetarë. Po ashtu, sistemi ynë diellor ndahet nga yjësitë e tjera me distanca humnerore, mijëra vjet dritë larg. Kufij.

Njeriu brenda vetes ka shumë kufij, nga kapërcimi i të cilëve varen shumë gjëra. Nëse e kalon kufirin e së mirës, shfaqet e keqja, nëse e kalon kufirin e dashurisë, vjen urrejtja, nëse e kalon kufirin e jetës, ftohet vdekja. Njerëzve u pëlqen të vënë kufij edhe mes trupit e shpirtit. U duket lojë e bukur vënia e tyre, duke harruar se fill pas kësaj vjen e papërballueshme dëshira për t'i shkelur.

Kjo është padyshim një lojë e rrezikshme dhe barra u bie atyre që lindin me pasionin e rrezikut. Ata e dinë që luajnë lojë të ashpër. Që në fillim e kanë të sigurt edhe humbjen, edhe fitoren. Dhe e provojnë. Kufiri në mes. I padukshëm.

Edhe vetja ime ka dashur sa herë ta kapërcejë kufirin. Isha i bindur se nuk do të bëja asgjë të re. Shumë të tjerë para meje e kishin kapërcyer. "Kapërceje!", më urdhëronte diçka brenda vetes. Zë, që nuk arriti të fitonte. Kështu, vetja ime filloi të mësohej me atë farë jete, duke qenë e bindur se më lehtë do të ishte mësuar me atë jetën tjetër. Ajo ndodhet në anën tjetër të kufirit. Por... nuk duhet të harrojmë se kufiri ndodhet gjithmonë afër. Ne jemi në të dyja anët e tij dhe e përbëjmë atë.

E di se fqinjë me mua është një vajzë nga Japonia. Haiko e ka emrin. E di që më dëshiron. Këtë e kam vërejtur në ashensor. Sa herë e kam fërkuar ndërmjetkëmbësin, kam përfytyruar kofshët e saj dhe jam i bindur se, po t'i kërcas në derë, do dëgjoj fjalët "Mirë se erdhe!" dhe pastaj gjithçka merret vesh. Por unë nuk kërcas dot, sepse kemi një kufi në mes. Unë jam, medemek, shkrimtar dhe, përveç kësaj, i varfër, ndërsa ajo është një tru i bardhë, pa rrudha, veç e pasur dhe e bukur.

Më zë gjumi duke menduar këto gjëra dhe zgjohem vetëm kur dëgjoj të trokitura në derë. Vazhdoj mendimin duke shpresuar se kufiri mes meje dhe asaj është shkurtuar aq shumë sa, po të hap derën, gjithçka do të njehsohet. E hap derën. Shoh një burrë me uniformë, i cili më jep një letër. Më kalon frika e uniformës vetëm kur shoh se zarfi nuk mbështjell thirrje për në polici apo diçka të ngjashme, por thjesht një letër nga nëna ime, përtej dhjetëra kufijsh e detesh. Hap letrën dhe mbyll derën.

"Të puth nëna jote!". Vazhdojnë një varg lajmërimesh për shëndetin e pjesëtarëve të familjes, deri edhe te njerëz që ua kam harruar fytyrën dhe lidhjen e gjakut. Dy-tri pyetje se si po më shkojnë punët dhe këshilla për të mos shkuar me "vajzat e Europës", të cilat paskërkan një sëmundje të mallkuar(!)

Përmendet edhe mundimi me të cilin më ka rritur e mbyllet me fjalët: "Nëna nuk vdes pa të parë edhe një herë". E palos tre-katër fish e fus në zarf dhe nis e mendoj rishtas për kufijtë. Ja se si treten kufijtë prej një copë letre, ndërsa ti, Haiko, nuk më thua një fjalë. E pra, të kam kaq afër, ja në anën tjetër të murit. Vetëm të kërcas pak dhe ti dëgjon. Unë e ndiej frymëmarrjen tënde netëve. I dëgjon ti fëshfëritjet e ëndrrave të mia? Ky mur kaq i hollë, kaq i brishtë, si rriskë akulli na ndan. Pa dashje kam kërcitur. O zot, a është e vërtetë?! Më bënë veshët, apo dëgjova përgjigjen e saj?! Është e vërtetë. Kërcitja u përsërit nga ana tjetër e murit.

## NGJASHMËRI

Burri, që kam përpara në ulësen e trenit të shpejtë, i ngjan Stalinit. Është biond, pa mustaqe dhe me syze optike. Ka edhe një vëth në vesh. Lexon një gazetë mbrëmjeje me lajme që kanë zënë merimanga dhe vjedhurazi më hedh ndonjë shikim. Vështrim që s'më lë rehat. E ngre dorën te qafa dhe qetësohem kur prek me dorë shallin e kuq të pionierit. Bash në këtë çast, burri me syze, që i ngjan Stalinit, më afrohet te hunda dhe më pyet: "Ke qirë gjë?".

"Jo", i thashë, "s'ma ka ënda". Ndjeva një lloj ngushtimi në fyt dhe ngrita përsëri dorën të liroja kollaren ngjyrë ylli sovjetik, që e kisha shtrënguar pak më përpara. Burri qesh me të madhe, por me një zë të hollë. Më ngjau si pederast. Stacioni i fundit m'u duk se do të ishte në hënë. Treni filloi t'i ngjasonte një burgu të zi. Duhej gjetur një mënyrë për t'u arratisur. Gjaku më kishte hipur në kokë dhe po ndjeja një thunxim bezdisës, sa fillova të kruhesha. Morrat. Vetja ime solli ndërmend gjyshen Galë dhe përrallat e saj.

Lamtumirë, kishte thënë Omeri, hipur në kurrizin e rrezes dhe...

...Bota dukej e pjerrët dhe e leshtë. Qielli rrinte vetëm, pa pasur punë me tokën. Dukej sikur nuk kishte dëshirë të përzihej në koklavitjen e punëve të vogla. Omeri i la prapa Lugjet e Verdha dhe varret, erën e gjakut, tymit, kufomave, klithmat dhe lehjet e qenve; dukej sikur nuk i dëgjonte më. Sikur s'donte t'ia dinte më as për varrin e tij. Le të zinte bar ai varr, le të mplakej, të ndryshkej. Rrezja, ndërkohë, po e pyeste se në cilën botë dëshironte të shkonte. Omeri i tha: "Unë dje kam lindur e dje kam vdekur, nuk di asgjë, më ço ku të duash.". Rrezja i thoshte: "Mos po të merr malli more Omer, e unë nuk kam kohë të merrem me ty tërë jetën!". "Më ço në ato vende ku s'njihet fjalët: luftë, vdekje, gjak, plagë. Në atë vend ku të mos shoh tym, zjarre, njerëz kryeprerë, foshnja të shpërthyera me shkop. Ma merr edhe gjakun, nuk më duhet më, më rëndon, është gjak i vjetër, i rëndë, i panevojshëm. Më ço e më lër në një vend, e mos i kallëzo kurrkujt, as nënës. Dua të di në e ruan apo jo varrin për mua; në e ruajt, le ta përdorë për vete a për të shoqin. Ajo nënë që ruan varrin e të birit, a thua është nënë? Unë nuk jam për atë varr; ai është i panevojshëm, siç ashtë çnjerëzor ai vend që ruan varre të hapura për bijtë e vet. Unë s'kthehem kurrë. Nuk jam. Më vonë dua të jem...".

...Pederasti që i ngjante Stalinit, zbriti njëherësh me mua. Në ndarje më këshilloi sikur të ishim miq të vjetër: "Shiko, qi ndonjë gjë, veç të tredhurit e përbuzin atë punë!". "Qifsh gurë e dhe!", e mallkova duke marrë drejtim tjetër, nëpër një rrugë që nuk e njihja dhe që s'do më çonte askund.

# HETIM I MBETUR PËRGJYSMË

Është rrëfyer dikur një histori, në një libërth, që i ngjan librezave tuaja për Ujë-Drita-Qira, se si në qytetin tim është zhdukur Farmacisti Miop. Syzet e tij u gjetën nga Hafizja e çmendur dhe përfunduan në duart e S.S-së. Nëse ju kujtohet, ky i fundit paguhet prej shtetit për të gjetur jo vetëm ata që bëjnë mbrapshtime të vogla, siç janë vjedhjet dhe vrasjet, por edhe qytetarët që vuajnë nga "kompleksi i degradimit të rendit shoqëror", me qëllimin fisnik për t'u ardhur në ndihmë. Këta soj pacientësh duhen kuruar për ndoca dhjetëra vitesh nëpër spitale, që shkurtimisht quhen "reparte riedukimi", që të mos kenë rëndesa psikologjike kur të mendojnë se janë nëpër burgje, kampe përqendrimi apo spitale psikiatrike. Kjo bëhet për arsye se njerëzit në këtë vend e kanë të rëndë ta pranojnë se janë "të prekur".

Nejse, kjo është një hyrje e panevojshme për lexuesit e mi të vëmendshëm dhe, në fakt, mua për ata më bie barra të kujdesem. Pra, pasi u gjetën syzet e viktimës, duhej gjetur vetë viktima dhe vrasësi. S.S-ja punon.

Biseda e parë me të shoqen e Farmacistit Miop

(Skena - një apartament i mobiluar me modesti, ku shquhet një bibliotekë e mbushur me libra kapaktrashë. Një televizor i ndezur, ku shihet një folëse entuziaste për sukseset e paarritshme. Në sfond një portret i Aleksandër Flemingut.)

Personazhet:

*Arlinda C. - Vejusha e Farmacistit Miop, 36 vjeç. Dukja: seksi.*

*S.S. - Zyrtar shteti me kostum gri. Dukja: elegant.*

*S.S:* Më erdhi keq për vdekjen e burrit tuaj!

*A.C:* Edhe mua.

*S.S:* Nuk habitem. Humbja e një burri të tillë nuk është dhimbje vetëm për gruan e tij, është dhimbje e madhe për tërë qytetin. Megjithatë, në më lejoni t'ju pyes, prej sa vitesh e njihnit?

*A.C:* Diku prej pesëmbëdhjetë vjetësh. U martuam para nëntë vjetësh, me dashuri.

*S.S:* Oh, natyrisht, dihet, që kur fitoi... ju e kuptoni, martesat në qytetin tonë janë bërë vetëm me dashuri. Me sa di unë, ju keni vetëm një fëmijë?

*A.C:* Po, një vajzë.

*S.S:* Nuk keni dashur të bëni fëmijë të tjerë, apo...?

*A.C:* Jo, unë kam dashur, por burri im u shtjerr, besoj më kuptoni, ai punonte në farmaci dhe...

*S.S:* Ju kuptoj shumë mirë, por në këto raste ka shumë spekulime, apo jo?

*A.C:* Natyrisht, por burri im e pranonte vetë. Ishte shtjerrë prej avujve të bromit. Ai studionte natë e ditë për efektet helmuese të kërpudhave të pyllit të qytetit tonë. Ju besoj mund të keni dëgjuar.

*S.S:* Sigurisht që kam dëgjuar. Madje ka dyshime se, në punë e sipër, atje në pyll, edhe e kanë vrarë. Por, mua më interson të di se çfarë ndodhi pikërisht atë natë.

*A.C:* Asgjë nuk ndodhi. Ai thjesht nuk erdhi. Më vonë mora vesh se kishte vdekur. Në fillim mendova se ishte helmuar nga kërpudhat e tij. Ai shpesh i gëlltiste për t'i provuar në ishin apo jo helmuese. Pastaj u hap fjala se e kishin vrarë.

*S.S:* Nga kush e morët lajmin, ju kujtohet?

*A.C:* Qyteti ynë është i vogël. Fjala mori dhenë...

*S.S:* A keni patur ndonjë mik, që ju ndenji afër ato ditë?

*A.C:* Natyrisht që kemi, ne jemi familje intelektuale dhe si e tillë kemi mjaft miq intelektualë, që ato ditë hynin e dilnin në shtëpinë tonë.

*S.S:* Është vërtet e habitshme. Burrin tuaj e respektonin të gjithë. Është e pamundur të mendosh ndonjë arsye për të qenë se pse mund ta kenë vrarë, në qoftë se e kanë vrarë. Ai edhe mund të jetë vetëvrarë. Natyrisht, një burrë në atë moshë, me një grua si ju dhe që e ka humbur aftësinë për të qenë vërtet burrë, e ka një arsye të fortë për të vrarë veten. Keni dëgjuar të thoshte ndonjë gjë apo të jepte ndonjë shenjë, që mund të na lërë të dyshojmë për vetëvrasje?

*A.C:* Ai ishte natyrë mjaft komplekse. Ndonjëherë as unë nuk e kuptoja. Bënte gjithfarë aluzionesh. Fliste për kërpudhat e helmuara të pyllit sikur ato të ishin krijesa të gjalla, njerëz. Në kësi rastesh e përfundonte bisedën me këto fjalë: do të ma shkatërrojnë jetën këto kërpudha! Një trishtim agresiv e kaplonte dhe pastaj nuk fliste më për orë të tëra. Vetëm kur na vinte ndonjë mysafir çelej. Edhe kur nuk vinin, ai i ftonte vetë. Njëherë, tek më fliste për artikullin e një reviste shkencore, titullin e së cilës tashmë nuk e mbaj mend, më tha se numri i vetëvrasjeve është në rritje e sipër për shkaqe hala të panjohura dhe se pritet që, në fund të këtij shekulli, një në çdo tre vetë nuk do të vdiste nga vdekje natyrore, por për shkaqe të tjera, si helmimet, mungesa e ushqimit, vrasjet, aksidentet, fatkeqësitë natyrore dhe vetëvrasjet. Për të ma bërë edhe më të qartë atë që po thoshte, në fund shtoi: "Imagjino sikur njëri nga ne të tre të vrasë veten". Larg qoftë! - i thashë unë dhe ai heshti. Natyrisht që biseda të tilla gati akademike, më shpesh i bënte me miqtë e tij, të cilët rrinin dhe e dëgjonin gojëhapur.

*S.S:* E gjithë kjo është interesante dhe mjaft e vlefshme, por, megjithatë, versioni i vetëvrasjes është shumë më pak i besueshëm. Nuk ju shkon ndërmend, p.sh., se mund ta ketë vrarë nga xhelozia ndonjë prej miqve? Ju, besoj, më kuptoni; ky është një qytet i vogël. Njerëzit e mirë numërohen me gishta, të famshmit janë dy ose tre, ndërsa ai, padyshim, ishte më i miri, kishte gruan më të bukur, vajzën më inteligjente, shtëpinë ndër më të mirat. Këto janë arsye të mjaftueshme për të nxitur ndjesi të errëta në shpirtrat e njerëzve të këqij. Ju i keni vënë re përpjekjet e poetit B.M. për t'u bërë i famshëm e kur nuk ke talent, një mënyrë për t'u bërë i famshëm është edhe të vrasësh...

*A.C:* Kurrë! B.M-ja nuk mund të vrasë, ju besoj e kuptoni kaq gjë. Kurrë!

S.S: Nuk thashë se ai e ka vrarë burrin tuaj. Po nejse. Tani më duhet të largohem, por nuk besoj se do të befasoheni nga ndonjë vizitë tjetër e imja. Nuk e di, por s'më pëlqen t'ju dërgoj fletë-thirrje për t'u paraqitur në zyrat tona, kështu që do të më duhet të vij vetë.

*(Mbyllet dera ose bie perdja)*

Pas kësaj bisede, S.S-ja, duke shëtitur, solli ndërmend fjalët e Arlinda C-së: "Kurrë! B.M-ja nuk mund të vrasë. Kurrë!". Iu duk pak si kategorik ai mohim. Ajo kishte mundësi të thoshte, p.sh.: "B.M-ja s'mund ta bëjë këtë gjë... ndonjëherë". Në këtë rast, njeriu mund të mendojë se, nëse nuk e bën ndonjëherë, mund ta bëjë njëherë tjetër. S.S-së iu kujtua një hajdut i fëlliqtë, që, sa herë e zinin me presh nëpër duar, betohej se kurrë nuk do ta përsëriste, por, sapo lirohej, vidhte të parën gjë që i zinte dora. E çfarë vlere ka në këtë rast fjala "kurrë"? S.S-ja, natyrisht e kuptonte që vjedhja është një ves, gjë që nuk mund të thuhet për vrasjen. Vesi edhe trashëgohet, ndërsa vrasja nuk mund të krahasohet, jo vetëm me vjedhjen, por as me vetëvrasjen. Se edhe vetëvrasja ka prirje të trashëgohet, domethënë çrregullimi nervor, që lidhet me kompleksin psikologjik të vetëvrasjes. Kështu, nëse një baba ka vrarë veten, mund t'ia lërë trashëgim të birit këtë gjë. Çfarë pasurie është kjo, që t'u lihet trashëgim brezave?! Për herë të parë në jetën e tij, S.S-ja po mendonte seriozisht për vetëvrasjen. Nuk iu duk ndonjë gjë për t'u sharë. Njeriu ka plot arsye për ta vrarë veten. S.S-ja mendoi se nuk kishte ndonjë arsye të shëndoshe për ta bërë atë gjë. Ulur në zyrën e tij, mori një stilolaps dhe shkroi ngadalë mbi një copë letër: "Kam një jetë që po kërkoj të gjej arsyet pse njerëzit vrasin njëri-tjetrin ose veten. Le ta gjejnë të tjerët arsyen pse unë, pikërisht S.S-ja i famshëm, po vras veten.". Nxori pistoletën dhe shkrehu këmbëzën...

E gjetën të mbytur në një pellg gjaku, me pistoletë të shtrënguar. Një ngërç i mbrapshtë ia kishte shtrembëruar fytyrën. Hetimet u zhvilluan me urgjencë. Letrën e gjetur mbi tavolinë e rrasën në një dosje, së bashku me fotografitë e shumta të kufomës. Ekspertiza mjekësore ishte e shkurtër: "Plumbi i TT-së, me diametër 7.22 mm, ka shpuar os lateral sinistra, ka përshkuar corpus encefalus dhe ka hapur një kavitet të konsiderueshëm në anën tjetër të kafkës. Vdekja ka qenë e menjëhershme.". U vendos që trupi të varrosej në vendlindjen e tij, një vend tepër larg qytetit tonë, me një emër që banorët mezi e shqiptonin. Inspektorët, që erdhën nga qendra, këshilluan të mbahej heshtje e plotë. Hetime të mëtejshme do të bëheshin në kryeqytet.

Të nesërmen, një grup njerëzish, nga më të shquarit e qytetit tonë, i shkruan një telegram familjes së S.S-së, ku shprehnin ngushëllimet e tyre dhe tregonin se sa e dhimbshme kishte qenë për ta vdekja e "birit tuaj të lavdishëm, i cili u nda nga ne duke na lënë të gjithëve në një pikëllim të thellë". Këta, pasi e mbaruan këtë punë të paqme, shkuan dhe ia futën me raki kumbulle e, duke u tallur me shtetin me zë shumë të ulët, e përgojuan edhe "veglën qorre", madje njëri, që shkruante tekste këngësh dhe i binte një vegle muzikore me origjinë bimore, tha se një fund i tillë i pret të gjithë.

...

"Mutër, do t'jua shkërdhej nënën të gjithëve, keni për ta parë!", tha S.S-ja duke grisur copëzën e letrës, ku kishte hedhur ato pak rreshta të çuditshëm, para se të imagjinonte vetëvrasjen. Rrasi pistoletën "TT" në këllëfin e meshintë dhe doli nga zyra.

## PROCESVERBALI

Vetja ime po shëtiste buzë varreve. Kishte mbaruar shkollën dhe nuk po i pëlqente të kthehej drejt e në shtëpi. Dita ishte me diell dhe varret dukeshin të mbështjella me një tyl të hollë vape. Vetja ime shpresonte se ndoshta edhe roja i varreve do të ishte duke pushuar në ndonjë hije. Kështu që do të kishte mundësi të bënte një shëtitje në varret e sapoçelura, me shpresë të gjente ndonjë dhjetëlekëshe. Kur nuk gjenim shishe të palara në shtëpi për t'i shitur, ndodhte që bënim një kalim nëpër varre, për të gjetur lekë sa për një biletë kinemaje. Kaloi pranë kasolles së rojës. Roje është prapë ai gërdalla, për të cilin kam folur në një libër tjetër, me atë kokën si të gdhendur në ndonjë zdrukthëtari fshati. Po flinte. Në njërën dorë mbante një letër të mbështjellë në formë tubi dhe gërhiste. Vetja ime u përkul dhe me kujdes e tërhoqi letrën:

*REPUBLIKA E POPULLIT*
*KËSHILLI I USHTARAKËVE*
*Dt. X/ Muaji X /Viti, XXXX.*
*PROTOKOLL I MBLEDHJES NR. 1990*
*Rendi i ditës:*
*Zgjidhja në global dhe zë për zë e problemeve shqetësuese që lidhen me varrosjen e qytetarëve të Republikës së Popullit.*
*- Shkaqet e vdekjes.*

- Mënyrat e parandalimit.
- Zgjidhja e procedurës së varrimit.

*(Ky rend dite u është bërë i njohur anëtarëve të këshillit që në mbledhjen e kaluar (1989). Në mbledhjen e sotme pritet të marrë pjesë edhe Vetë Ai, Gjenerali i Republikës së Popullit).*

*Në fillim foli Drejtori i të Vdekurve.*

*Ai paraqiti para Këshillit të Lartë të Ushtarakëve të Popullit shqetësimet e të vdekurve të Republikës sonë.*

*"Të vdekurit kanë paraqitur një varg ankesash, të cilat kanë të bëjnë me kushtet e jetës të përtej jetës. Së pari, kërkojnë kushte më të mira strehimi, që fillojnë që nga hapësirat e tokës që u janë lënë për varr. Ankohen se nuk kanë nga të lëvizin dhe, në raste vizitash nga të afërmit dhe miqtë, detyrohen të dalin nga varret dhe t'i presin ata në oborrin e varreve. Së dyti, varret e tyre janë mbuluar jo vetëm njëherë prej ujërave të zeza, gjë që mund të sjellë epidemi të rrezikshme. Edhe infrastruktura është tepër e dëmtuar. Të gjitha rrugët janë zënë prej ferrave e gjithfarë lloj bimësh, që natyrisht, shumë lehtë, mund të shndërrohen në vendbanime të qenieve helmuese reptile, si: gjarpërinjtë, bollat, nepërkat etj. Së treti, mjaft energjike ka qenë protesta e atyre që kanë patur fatin të varrosen kohëve të fundit, lidhur me cektësinë e varreve. Shumë prej tyre janë bërë pre e zhvarrimeve të lemerishme, duke u shndërruar në të njëjtën kohë në ushqim të rrezikshëm për qentë e Republikës sonë, të cilët kanë filluar ta frekuentojnë shumë shpesh varrezën, sidomos pas*

*vënies së sistemit të triskëtimit për të gjallët. Kaq kisha.*

*I dyti foli: Drejtori i Gjysmë të Vdekurve.*

*"Shkaku që unë si drejtor nuk e kam realizuar numrin e 'pllanifikuar' të vdekjeve, është pikërisht situata që u përmend nga kolegu parafolës. Jam i ndërgjegjshëm për vështirësitë në të cilat has sot Republika jonë e dashur, veç nuk mund të rri pa e informuar këtë mbledhje të nderuar se mosrealizimet e ndërmarrjes sime do t'i sjellin pasoja të rënda shtetit të Republikës sonë të dashur.*

*Unë e ndiej thellë përgjegjësinë time personale, por të detyrohemi ne, të pengojmë vdekjen e atyre, që me kohë e kanë paraqitur kërkesën dhe i përmbushin të gjithë parametrat e parapara në ligjet e Republikës sonë të dashur, duke u detyruar kështu të harxhojmë pizhame, pjata, batanije, infermierë, pranga, zinxhirë dhe policë të nderuar, kjo nuk është dhe nuk do të jetë kurrë humane! Jam i detyruar t'ju them se, po vazhdoi kjo situatë, spitalet, burgjet dhe kampet do të mbushen plot dhe ne nuk do të jemi të zotët të firmosim vdekjen e tyre.*

*(Ndërhyrje në formë replike)*

*Me të burgosurit e keni fare të thjeshtë. Vritini! Nëse ju dhimbsen plumbat, në kuadër të kursimit të përgjithshëm kudo e në çdo gjë, digjini të gjallë! Kështu nuk do të keni nevojë as për t'i varrosur.*

*(Ndërhyrje e Gjeneralit)*

*Mos flisni pa leje! Duhet të jemi më të matur kur bëhet fjalë për hallet e popullit tonë. Duhet t'u sigurojmë një vdekje sa më fisnike. Për këtë punë edhe jemi këtu.*

*I treti foli Komandanti i Tokës: "Në planifikimin që i ka bërë qeveria vdekjeve dhe tokës për varre, ka një mospërputhje, që sado në pamje të parë duket e parëndësishme, kur vjen puna për zbatim konkret, vihet re që numri i vdekjeve është shumë më i lartë. Natirisht që kjo është parë e arsieshme. Në krahasim me sipërfaqen e tokës, që do të mund të zinin trupat e këtire të vdekurve, ajo që kemi ne është tepër e vogël. Natirisht, unë e kuptoj që tokat e reja që po hapen me punë vullnetare, nuk mund t'i përdorim për të varrosur qitetarët, pasi do të cenonim rëndë planin e prodhimit të drithërave të bukës. Vetëm se kur të planifikojmë pesëvjeçarin e ardhshëm, duhet t'i kemi parasysh këto raporte, që të jenë sa më afër realitetit.*

*I katërti foli Psikologu: "Unë desha të flas rreth shkaqeve që kanë çuar në shtimin e numrit të vdekjeve. I pari dhe më kryesori, mendoj unë, është temperamenti tepër nostalgjik i qytetarëve, të cilët, natyrisht, i ka këputur malli për të afërmit e tyre të vdekur më parë dhe u pëlqen të nxitojnë për të vdekur, me qëllimin e vetëm që të çmallen me ta. E dyta, me gjithë vështirësitë e pamohueshme që përmendi Drejtori i nderuar i të Vdekurve, vdekja në vetvete është bërë kaq e bukur nën qeverisjen e Republikës së Popullit, sa që ne po shkojmë dalëngadalë drejt zhdukjes së plotë të dallimeve në mes jetës dhe vdekjes, ashtu siç kemi pasur rezultate të shkëlqyera në zhdukjen e ndryshimeve në mes fshatit e qytetit, në mes punës mendore e asaj fizike, mes burrit e gruas etj. E treta, ata që po vdesin me kaq shpejtësi, duke qenë të brumosur me idealet e Republikës së Popullit, do të na bëhen garanci se do t'i shtrëngojnë rrënjët e pushtetit tonë dhe pa u zhvarrosur ata, nuk mund të rrëzohet as pushteti ynë i popullit. Kaq kisha!*

*I pesti foli Drejtori i Komunales:* "Ndërmarrja ime, që me të drejtë u kritikua sot, është megjithatë në pararojë në shumë segmente të veprimtarisë së saj. Unë i vlerësoj kritikat, sepse ato vetëm ndreqin punë dhe e shëndoshin ndërgjegjen e njerëzve tanë, por, nëse më lejohet, dua të ekspozoj disa probleme të vogla, që kanë të bëjnë me rendin e ditës së kësaj mbledhjeje. Preferoj të flas me gjuhën e shifrave: plani i bezes së kuqe prej katërqind metra linearë, ai i dërrasës prej tridhjetë metra kub, ai i gozhdëve, prej katërqind e pesëdhjetë kilogramë, u harxhua i tëri me rastin e ardhjes së dritës elektrike në qytetin tonë. Me atë rast, siç e dinë kolegët e nderuar, u organizua një manifestim i madh popullor, si shprehje e dashurisë dhe respektit që ka populli për udhëheqjen e Republikës sonë. Flamujt, banderolat, parullat e shumta e tribuna madhështore kërkuan shpenzime të paplanifikuara, kështu që e gjithë sasia e materialeve të planifikuara në zërin "arkivole" u përdor me atë rast. Deri vitin e ardhshëm, sa të miratohet plani i ri, ndërmarrja komunale nuk ka as mundësinë më të vogël për të montuar qoftë edhe një arkivol të vetëm.

*Në prag të mbylljes së mbledhjes e mori fjalën vetë AI, Gjenerali i Republikës së Popullit:*

*"Pasi mora pjesë dhe dëgjova me vëmendje ato që u thanë në këtë mbledhje, duke vlerësuar lart arritjet e padiskutueshme dhe pasi u vunë në pah vështirësitë e natyrshme, e përdor autoritetin që më jep vota e 99.99% të popullsisë së Republikës për të vendosur:*

*VENDIM*
*NË EMËR TË POPULLIT, TË KËSHILLIT TË LARTË TË USHTARAKËVE TË REPUBLIKËS, QË KAM NDERIN TË DREJTOJ, SI DHE NË EMRIN TIM PERSONAL, ME KËTË VENDIM TË FORMËS SË PRERË, NDALOJ VDEKJEN E QYTETARËVE TË REPUBLIKËS SIME DERI VITIN E ARDHSHËM. AI QË SHKEL MBI KËTË VENDIM KA SHKELUR MBI JETËN DHE VDEKJEN E MIJËRA TË TJERËVE, QË E RESPEKTOJNË ATË.*
*VITIN E ARDHSHËM DO TË MERREN TË GJITHA MASAT, QË VDEKJA E QYTETARËVE TË JETË SA MË E SIGURT, E QETË, KRENARE DHE E LUMTUR.*
*GJENERALI I REPUBLIKËS*

*Vendimi nuk u hodh në votë, pasi u miratua me entuziazëm të thellë nga gjithë të pranishmit. Me kaq mbledhja u dha fund punimeve me sukses të plotë.*

*E mbajti protokollin: S.TH., Sekretari: G.J.*

Pas leximit, vetja ime po mbante në dorë letrën, kur roja i varreve u zgjua nga gjumi. Pasi u zgërdhi gjatë, tha: "Vendim i drejtë ëë? Hë, si mendon?".

I them që vetja ime nuk mendon fare, nuk i duhet gjë të mendojë, i duket punë koti kur vëren se ka të tjerë që mendojnë e kujdesen për të. Nuk ia di as shijen mendimit. Ndoshta është si lakër turshi, ku i dihet, të mendosh ndoshta është njëlloj sikur të hash bukë me djathë. Marr veten time për dore dhe largohemi me zemër të thyer që nuk gjetëm ndonjë dhjetëlekëshe sa për të parë filmin "Beteja e Sajgonit". Pas nesh, rojës i mbështillet një e qeshur: "Ha-ha-ha-ha-ha! Je shejtan ti, e di unë, ndaj edhe endesh nëpër varre".

Ndoshta edhe jam, ku i dihet. Pyes veten; ajo hesht si idiote.

## MBI KUFI, AJRI ËSHTË I NDARË

Po rrija shtrirë me frymë gjysmë të ndalur, duke pritur që trokitja nga ana tjetër e murit të përsëritej. Befas, dera e dhomës time u hap.

- Keni nevojë për ndihmë? - pyeti krijesa, që u gjysmëshfaq në kuadratin e derës. Ishte një dymetrosh, me lëkurë jeshile në të kafenjtë.
- Ju!? Ju jetoni në dhomën ngjitur me timen? - pyeta.
- Vetëm për këtë më kërkuat?
- Unë nuk ju kërkova.
- Po ju kërcitët në mur, apo jo?
- Ju bëtë të njëjtën gjë pas meje.
- Po, por pas teje ama.
- Çfarë ka të keqe në gjithë këtë?
- Pse kërcite i pari?
- Pse jo? Ju mund të kishit bërë të njëjtën gjë, të kërcisnit i pari. Unë nuk shoh ndonjë gjë të keqe.
- Shiko, unë nuk kam shumë kohë të humb me ty more bir kurve, por edhe nëse kam nuk dua të harxhoj frymë duke u ngatërruar me një si ti. Kështu që mbyll gojën e mos më çaj bythën!
- Nëse është punë ajri e fryme nuk ke pse shqetësohesh. Ju po harxhoni ajrin e dhomës time dhe, për të ardhur nga fundi, nëse një nënë pjell njerëz si ti, ajo sigurisht është kurvë. Në mbyllje, nëse jeni i interesuar të flisni për punë bythësh, jua gjej unë një burrë që i ngjan Stalinit e që merret me aso punësh.

- Pederast! - thirri ai dhe u largua.

Kur ai e la dhomën time, vërejta se goja më ishte tharë dhe nuk isha në gjendje të kuptoja se si e pata guximin të flisja në atë mënyrë. Pastaj mendova se pederast duhej të ishte ai, njëlloj si burri pa mustaqe dhe me syze, që i ngjante Stalinit, në trenin e shpejtë. O zot! Po a thua të kishte qenë ai në dhomë me Haikon? Haiko, o krijesë e mjerë, në duart e kujt paske rënë?! Ai brutal lëkurëbujashkë të të përkëdhelë ty?! Goja e tij e mykur puth buzët e tua si dy qershi binjake?! Panxhat e tij prej samarxhiu si të babait tim mbështjellin belin tënd të butë si qafë zogu?! Po ku ta futë gjithë atë hardall të madh që mund të ketë ai, kur gota jote e përmbysur mes shalësh është aq e vogël, e brishtë... po jo moj bijë, jo, nuk është për ty ai!

Për pak sa nuk volla. Më vonë, duke e menduar atë çast, nuk isha në gjendje të kuptoja nëse kisha dashur të villja nga përfytyrimi që ndërtova mbi marrëdhëniet e tyre jonormale seksuale apo nga ajo ndjesi e çuditshme prindërore, ajo vakësi e paprovuar ndonjëherë më parë si një lëngështim i kërmilltë. S'më kishte shkuar ndërmend ndonjëherë se mund të arsyetoja në atë mënyrë për një kurvickë të rëndomtë rrugësh, për një japoneze imcake, si send. Ç'mu desh që kërcita i pari? Në fund të fundit, ç'është ky fat i mallkuar? Sa herë që trokas diku, një monstër do të më shfaqet. Pse të mos shfaqej vetëm Haiko? Të vinte ajo në dhomën time e unë të dilja t'i blija lule, t'i thosha fjalë të ëmbla, të paktën fjalë. Sa i velur jam prej fjalëve të hidhëta, të pista! Vetëm një fjalë të ëmbël të kisha dëgjuar kur kam qenë i vogël, sot do të isha ndryshe. Do ta kisha ruajtur atë fjalë, si thesar do ta ruaja, do ta mbillja, që të prodhonte fjalë të tjera të mira, edhe pse mund ta pësoja si Pinoku. Do t'i rrija natë e ditë roje fjalës së mirë. Çfarë kam pasur tjetër për të ruajtur në fëmijërinë time? Kufirin e ruante i madh e i vogël, pronën e ruante i gjithë populli. Pushtetin e ruanim si sytë e ballit. Kush nuk e ruante, pushteti ia nxirrte sytë. Por unë me kësi punësh nuk jam marrë kurrë. As fjalë të mira për të ruajtur nuk kisha. Kishte vetëm fjalë me erë tymi, baroti, djerse, pluhuri, gjaku, dhune dhe fjalë boshe, pa palcë; miliarda fjalë boshe pa palcë na e zinin frymën. Nuk na e thoshte dikush një fjalë të mirë. Nëna ime qante. Nuk fliste. I dridheshin supet nga të qarat. Shpirti i dridhej e i përpëlitej. S'kishte pikë fuqie. Ajo ishte shndërruar në njëfarë gjëje që di të qajë.

Kështu Haiko! Mua nuk më vjen çudi që ti shkërdhehesh me këdo. Shkërdhehu sa të duash, se ke lindur në culahajë!

Pas kësaj, vendosa që të mos shqetësohem më për vajzat e botës. E shoh më të arsyeshme të shqyrtoj gjendjen në të cilën ndodhem. Sa herë që dua të kapërcej ndonjë kufi, ndodh që bëhet një zhurmë e tmerrshme. Ç'dreq ere e keqe më ndjek, që aq lehtësisht më gjejnë edhe qentë e plehrave? Sa herë që shkoja për të vjedhur dardha në pemishte, mbi kryet tim të vogël vlonte shtaga e rojës sakat.

Kthehesha në shtëpi me gunga të mëdha, thua se i kisha fshehur dardhat nën lëkurën e kokës. Fëmijët e tjerë të lagjes ishin gjithmonë më të suksesshëm se unë. Ata i mbushnin kanotierat, ndërsa faji më ngelte mua. Më vonë, kur u rrita edhe pak, po të guxoja t'i flisja një vajze, menjëherë e merrte vesh im atë dhe unë përfundoja nën shkopin e tij. Për të tjerët askush nuk e merrte vesh, edhe pse shkonin deri te Gjiri i K., nga ku, siç thoshte shkrimtari i famshëm Ervin.H., asnjë vajzë nuk ishte kthyer e pashkërdhyer.

Të gjitha këto më bëjnë të trishtohem dhe nuk më lejojnë të kem shumë besim se edhe në të ardhmen nuk do ta pësoj po ashtu, në mos më keq. Ndjehem tepër i lodhur dhe vendos t'i kthehem e ta boshatis krejt një shishe uiski "Teacher's". Qepallat më rëndohen. Pa më zënë ende gjumi, më kujtohet aeroporti i vogël në vendlindje. Duar të njohurish që më përshëndesnin dhe një ftua i verdhë, që ma fali nëna. Ftoi kish një të verdhë të molisur. Si të ishte i sëmurë. Altoparlantët njoftuan linjën e largët dhe stjuardesat na buzëqeshën sikur të na i kishin larë njëqind herë brekët. Gunga e krijuar nga ftoi në xhepin e xhaketës preku barkun e hollë të njërës prej stjuardesave. Ajo buzëqeshi përsëri. Avioni do të nisej pas pak. Përpjekjet e mia për ta nxjerrë ftoin dhe për ta parë për herë të fundit dorën e nënës, shkuan kot. Kaluam retë dhe ja ku jemi në qiell. Gjithçka mbeti atje në tokë, e vogël dhe larg meje. Avioni mësyu drejt diellit. Nuk kishim ku të kapeshim më. Ishim mes tokës dhe lëmshit të zjarrtë. Kacavirreshim në shpresën e vetme se motorët do të punonin mirë dhe se konstruktorët ia kishin mësuar aeroplanit përrallën e vjetër të Ikarit. Ndieja se po i afroheshim si tepër diellit... "Unë e di që ai nuk bën shaka. Të mos e teprojmë. Gjithçka e ka një kufi!", bërtita. Por askush nuk më dëgjoi. Secili merrej me veten. Përpiqeshin t'i rikthenin rropullitë edhe njëherë në stomak. Ishte tepër vonë. Motorët u fikën. Retë u shpuan dhe ja toka e vogël që sa vinte e zmadhohej marramendësisht para syve tanë... copë e thërrime në gjirin e saj.

Dhimbja e tmerrshme e kokës më duket se më erdhi nga uiski, ndoshta edhe ngaqë ëndrra ishte e keqe. Mosmikpritja e diellit dhe ftesa agresive e tokës, që na përpiu në formën e thërrmijave të zjarrta, më bindin se toka ka etje për krijesat e veta, ndërkohë që dielli e quan të parakohshëm takimin me njerëzorët. Ndoshta nuk jemi pjekur akoma.

Po më vinte keq vetëm për diçka. Gjatë ëndrrës nuk kisha qenë i zoti të shquaja nëse kisha kaluar ndonjë kufi apo vetëm pingul mbi aeroport kishim fluturuar. M'u duk e tmerrshme që edhe në ëndërr të mos jem i zoti për të kapërcyer ndonjë kufi. Por s'duhet të jetë e mundur! Toka ime është e vogël. Ajo me një vrap pele kalohet, jo më me një fugim të çmendur avioni. O zot, sa e tmerrshme është të lindësh e të vdesësh në një pikë! Të mos e marrësh vesh kurrë se kush jeton në anën tjetër, si jeton e çfarë gjuhe flet, si i rritë fëmijët dhe si i varros pleqtë, si e punon tokën e si i mbreh qetë, si i këndon vashës e si e qan trimin, si i pret miqtë e si e zbukuron harkun e derës, si vuan e si e shpreh gëzimin.

Po nëse e kam kaluar kufirin, në cilën tokë kam vdekur, çfarë kufijsh kam kaluar? A kalohet kufiri me avion, apo vetëm me këmbë? A mos ndoshta kontinentet, shtetet dhe qytetet, fshatrat dhe lagjet, shtëpitë dhe dhomat, krevatet dhe njerëzit, virtytet dhe veset, kafshët dhe sendet, ndahen prej njëra-tjetrës me mure të tejpashme, që ngrihen lart drejt pafundësisë e nuk mund të çahen kurrë? Ne, me avionin që po fluturonim, i çamë dy herë muret e reve, njëherë në ngjitje e njëherë në zbritje. A thua të jenë retë kufiri i vetëm i njeriut me zotin, me zotin që nuk gjendet asnjëherë në shtëpinë e tij? Shtëpia e zotit ruhet me ushtarë të lashtë e të zymtë, që mbajnë "kallashnikovë" të rinj fringo. Nuk ia vlen të merrem me një ëndërr, që nuk e mbaj mend të plotë dhe që nuk jam i sigurt nëse e kam parë apo jo. E vetmja gjë që më ka mbetur të bëj, është t'i kthej përgjigje letrës së nënës time. Nis e shkruaj:

"Jam mirë. Mos u bëj merak. Njerëzit janë të mirë. Unë nuk shoqërohem me kapitalistë të mëdhenj, që hanë punëtorë të vegjël. Femrat këtu janë shëndoshë si molla për të dashurit e tyre. Dua që ti të jesh mirë dhe të mos qash. Do të kthehem shpejt. Ti do të jetosh shumë gjatë. Mirë të gjetsha! I yti!".

E lexoj edhe njëherë përpara se ta mbyll në një zarf, që i duhet lëpirë kapaku. Më duket letër e thatë.

Si degë peme në vjeshtë. Mendoj t'i shtoj diçka të ngrohtë, ndonjë përqafim apo... por, ja, dera hapet përsëri dhe monstra rishfaqet. Duke mbërthyer pantallonat, më drejtohet:

— Tani, ju mund të shkoni lirisht në dhomën tjetër. Dikush ju pret dhe unë besoj se e dini shumë mirë se kush, apo jo? Ajo më tha se, nëse ju do të kishit trokitur dje, ajo kurrë nuk do të më kishte pranuar mua. Por kjo ndodhi vonë, kështu që unë e pallova. Dhe shikoni, nëse dëshironi, unë mund t'ju palloj edhe juve... Hë? Ha-ha-ha, u zgërdhi, duke mbyllur derën.

— Ej! Kush jeni ju?

Nuk mora asnjë përgjigje. Monstra kishte ikur. Ai ishte me të vërtetë një krijesë e çuditshme, jo vetëm pse e kishte lëkurën ngjyrëbujashkë, por edhe sytë, edhe flokët, edhe e folura, edhe ecja... gjithçka tek ai dukej e vjetër, e tejkaluar, e panevojshme. Atij i vinte era libër arkeologjie! Vetëm fjalët, si të ndonjë rrugaçi të ditëve tona, e përafronin atë me tokësorët. Po ku i dihet, ndoshta po t'ia pastrosh dheun apo diçka tjetër që ai ka në lëkurë, mund të bëhet krejt si ne ose mund të ndodhë e kundërta. Po ta pastrosh, kush e di se çfarë del poshtë lëkurës së tij. Po dashuri, si bën ai? Duhet pyetur Haiko për këtë! Si tha ai? Po të kisha kërcitur një ditë më parë, Haiko do të ishte e imja dhe unë nuk do ta kisha njohur kurrë këtë monstër, po kështu edhe Haiko.

O zot, po çfarë ndryshimi mund të ndodhë brenda

një dite, kur kemi miliona vjet që zvarritemi në sekondat tona të njëllojta?

Iu luta vetes time t'i harronte këto arsyetime, duke u ngushëlluar me faktin se, të paktën, kishim shkelur një kufi. Kisha 'kërcitur', edhe pse jo i pari. Tashmë ndodhesha para një gjëje të re. Edhe vonë mund ta kapërcesh kufirin. Ata, të tjerët, që e kanë kaluar para teje, e ruajnë këtë përvojë për vete. Secili duhet t'i bëjë gjërat vetë…! Ashtu siç di ai. Kështu pasurohet bota. Jo vetëm një njeri është djegur në turrën e druve, vrarë apo varur në litar, por secili i ka dhembur për hesap të vet. Edhe ata që kanë dashuruar të njëjtën femër, e kanë dashur ashtu si kanë ditur, ashtu si u ka pëlqyer. Jo vetëm dhimbja, por edhe kënaqësia është ndjesi individuale. Ja, të përpiqem të shprehem më thjesht: ndërkohë që unë po i shkruaja letër nënës, monstra po bënte dashuri me Haikon. Tashmë, ai mund të jetë duke pirë birrë, verë a ku e di unë, ndërsa unë, që e kapërceva kufirin me vonesë, pres të takohem me të. Po që nuk më shkohet!? E si mund të shkoj, kur monstra akoma nuk është ftohur, po ashtu edhe Haiko, prej përvëlimit të shtratit? Kur je i vonuar, je i vonuar. Ka edhe fatalizëm kjo botë. Bile, edhe sikur të mos kishte fatalizëm, ka moral. Unë s'kam se si të ha në një mollë të kafshuar pa mëshirë prej një krijese të përçudnuar.

Ka aq shumë mënyra për ta mbrojtur një kufi, sa çka për ta shkelur atë.

## ZOGU I ZI

Përballë dritares time është një kopsht katror, si sirtar i gjelbëruar. Njëfarë lloj zogu këndon aty gjithë ditën e lume. Tingujt e këngës së tij më hyjnë në dhomë dhe më bëhen zot. Me atë këngë më flet për jetën e tij dhe të fisit të tij. Ulur në karrige më zë gjumi dhe shoh një ëndërr, shoh edhe një, pastaj edhe një tjetër... Paskëtaj shoh përsëri ëndrra të tjera, me jetën time e të fisit tim. I përkundur nga kënga e zogut, që vjen prej kopshtit katror, si sirtar i gjelbëruar, unë tashmë shoh vetëm ëndrra dhe asgjë tjetër.

## *NJË NIMFË, HISTORIA E VARREVE DHE NËNA*

Kur e rrihnin veten time, unë i shihja rrahësit në dritë të syrit për të vërejtur se pse e bënin me aq zell atë punë. Vetja ime ndjente dhimbje, por jo aq sa për të mos më lejuar të arsyetoja se ajo sjellje e ashpër me mishin e vetes time do të kishte një fund. Isha i bindur se me gjakftohtësi do të isha në gjendje të analizoja frytet e asaj egërsie, jo duke u nisur nga dregëzat e gjakut në veten time, por nga gjendjet shpirtërore të atyre që më zezonin në atë ditë. I vidhja me sy, me sytë e vetes time, që bënin sikur qanin dhe, në shumicën e rasteve, vëreja se ata që e dhunonin veten time ishin më tepër të shqetësuar sesa të kënaqur. E kuptoja shpesh zemërimin e tyre. Kishin boll arsye për ta lënduar trupin e vetes time. Bënim shpesh gabime, që nuk ishin thjesht të qortueshme. Veç një gjë nuk isha në gjendje ta kuptoja: pse ishin aq të gatshëm të më rrihnin e, në fund të fundit, jo vetëm që të mos gjenin kënaqësi, por të shqetësoheshin më tepër sesa vetja ime? Pse duhej ta lodhnin veten e tyre? Ndjehej, bie fjala, njëfarë tendosje krejtësisht e papëlqyeshme në tërë qenien e mësuesit tim, po ashtu edhe të babës. Gati më vinte keq për ta!

Nuk e di se në çfarë gjendje marrie ka qenë ai që na e hoqi të drejtën për të besuar në zot, duke na bërë një nder pa e kuptuar as ai vetë. Kështu që unë dhe vetja ime shihnim si zota veç babën dhe mësuesin. Dy zota që na rrihnin. Ne nuk besuam dhe as u ankuam askund. Na duhej ta pranonim veten me gjithë të mirat dhe pasojat që krijonte kjo gjë.

Bashkë me veten time u ndodhëm një ditë vjeshte në breg të lumit dhe po mendonim për këto gjëra. Ndoshta kam harruar deri tani të them se qyteti ynë ka një lumë ndër më të bukurit në botë. Në heshtje fillova t'i lutesha vetes time që të ishte më e bindur në këtë botë të rrezikshme. Ashtu, të ulur kacul, me kokë në gji, na zuri shiu. I vërenim pikat në sipërfaqen hala të qetë të lumit. Shiu binte nga lart. Interesant. Kurrë më parë s'na kishte shkuar ndërmend të arsyetonim nëse shiu binte nga lart apo nga poshtë. Tani që qielli na dukej si pus dhe shiu që rridhte, binte po në pus, u kujtuam se pusi atje lart është shumë më i madh sesa pusi në të cilin jetojmë. Mu për këtë arsye ne shtyhemi në radhë. Kur nuk arrijmë të marrim atë që duam, na vënë katra, na rrahin duke mos e kuptuar se, megjithatë, ne në këtë pus se në këtë pus të vogël do ta ngrysim jetën. E shiu ka për të rënë gjithmonë nga ai pusi i madh në qiell, të cilin pak kush nga ne ka për ta arritur.

- Çfarë bën aty?! - na ndërpreu një zë.
- Hiç, po shikoj shiun! A e di ti se shiu bie nga lart? - e pyeti vetja ime shpejt e shpejt njeriun që po na afrohej, duke u munduar të mbulonte ballin dhe një pjesë të stërmadhe pa flokë të kokës.
- E di, e dinë edhe gomarët bile. Po ti e di që pas pak lumi do të çmendet? Kujdes e mos iu afro! - tha burri dhe mori rrugën poshtë për nga vau.

Iu ktheva përsëri halleve të mia. Po më pëlqente të kridhesha në mes të pusit, pa e çarë kokën se mund të fundosesha ose që uji mund të më merrte me vete. Edhe sikur të më merrte, diku do të më linte! Ndoshta në det, në detin e madh pa kufi. Ndoshta, për një çast, shiu do të ndërronte drejtim, nga lart poshtë në poshtë lart, dhe unë, bashkë me të, do të ngjitesha në qiell, në atë pusin tjetër, që ishte bërë i murrmë e rast pas rasti i çahej barku nga shigjeta të zjarrta vetëtimash. Uji më kishte arritur deri në gju dhe, kështu, dalëngadalë, po llokoçisja drejt bregut tjetër, që ishte larg. Gjithmonë bregu tjetër është larg - u kujtua vetja ime. Ndjeva se nëpër kërcinj nuk më përplasej vetëm uji, por edhe një si send notues, i peshktë, që herë-herë ma gërryente zallin poshtë shputave të zbathura. Burri, me të cilin kisha biseduar pak më parë, tashmë dukej si cung i zi, larg, shumë larg. Sendi i peshktë vrundulloi, nxori bishtin njëherë në sipërfaqen e dallgëzuar të ujit dhe vetëm pak sekonda më vonë nxori edhe kokën. Ishte një nimfë.

"Eja me mua.", foli. "Eja. Pas pak do të pushojë edhe shiu. Lumit dhe njerëzve do t'u ikë çmenduria. Do të bëhen të arsyeshëm. Njerëzit do të fillojnë t'i ndërtojnë vetë varret e veta. Ata janë të vdekshëm, por e harrojnë këtë gjë dhe sa janë gjallë i shkaktojnë vuajtje të shumta njëri-tjetrit. Vetëm duke e parë varrin e vet të hapur mund të bëhen më të arsyeshëm. Varri i hapur është një ftesë e këndshme. Njerëzorët nuk u rezistojnë dot gjërave të lehta. Të vështirat i bëjnë jo se duan, por se shpresojnë se fill pas tyre vijnë gjërat e lehta. Kështu e mashtrojnë veten, pafundësisht. Ja, për shembull, ti tani po bën gjënë më të lehtë dhe më të arsyeshme që mund të bësh. Uji të ka mbuluar plotësisht dhe ti po vdes. Të vdesësh nuk është ndonjë gjë aq e tmerrshme sa u duket njerëzorëve kur janë gjallë. Nuk e shikon se ç'botë magjike shtrihet para teje? Plot me ngjyra dhe lule të shumëllojshme, pa krijesa të frikshme, si puna e mësuesit dhe babait tënd, që të rrahin e të fyejnë orë e çast. Vdekja është pjesa më e bukur e jetës, më e bukur se vetë lindja.".

Deshi edhe vetja ime të fliste diçka, por befas

ndjeu një dhimbje shpuese në majë të kokës. Thua se dikush po ia shkulte flokët me gjithë fuqinë e tij. Për fat, kjo dhimbje nuk vazhdoi gjatë, se rrathët, lulet, katrorët, këndet dhe figurat e tjera marramendëse dhe shumëngjyrëshe u shuan përfundimisht.

Pas dhjetë ditësh, kur hapa sytë dhe mbi kokë pashë, përveç nënës, edhe atë burrin që takuam ditën kur shiu binte nga lart, nëna i bëri të ditur vetes sime se ai na e paskësh shpëtuar jetën. Këto fjalë nuk na bënë ndonjë përshtypje të madhe. Ajo që tronditi veten time ishte se lotët e nënës përsëri rridhnin nga lart-poshtë, drejt faqeve të fishkura. Vetja ime mbylli sytë dhe po përpiqej të sillte ndërmend atë ditë. Asgjë, vetëm fytyra e burrit që na "kishte shpëtuar jetën", koka e tij tullace dhe e punuar keq. Më erdhi ndërmend edhe dhimbja e flokëve dhe mendova se ai duhej të më kishte kapur për flokësh jo për të më shpëtuar, por për t'i vjedhur flokët e mia. Më pas i hapa edhe njëherë sytë, por përtova të shihja më gjatë. Sendet ishin po ato. Edhe njerëzit si sendet, po ata. Do të më kishte pëlqyer të rrija më tepër me atë nimfën. Të kisha dëgjuar prej saj më tepër gjëra për jetën dhe vdekjen, për kohën e tashme dhe të ardhme, për jokohën. Ndoshta ajo mund ta dinte vazhdimin e këngës-përrallë për Omerin e vogël, që iku nga varri. Si nuk e pyeta: ku kishte shkuar ai në kurriz të asaj rrezeje?! Ç'ishte ajo? Rreze, zanë apo nimfë? Nëse ishte nimfë, si e kishte emrin? Po a kanë nimfat emër? "Po, kanë", m'u përgjigj nimfa, që kisha takuar në mes të pusit, "Emri im është Ajkunë. Ngriva akull gjatë dimrit në Lugje të Verdha, shkriva e u bëra ujë në pranverë, avullova gjatë verës, shi në vjeshtë e prapë akull se akull pranë varrit të tim biri. Akull. E ngrirë. Vinin ujqërit t'më hanin dhe, me gjuhën e kuqe si tjegull, lëpinin akullin e nxehtë. Lotët më shkonin ditë e natë nëpër faqe e akulli nuk shkrihej se nuk shkrihej. Në varrin e tim biri nuk mbiu as bar, as myshk; varr i hapur, i ri, si ditën që u hap, ka mbetur sot e kësaj dite. Sa male e kodra, sa fusha e lugina, sa zalle e djerrina u mbushën me trupa djemsh të rinj, e kush në atë varr nuk hyri se nuk hyri. Varr i hapur, plagë e pambyllur në kurm të kësaj toke ka mbet prej atë dite e deri më sot. Varr shpresëmadh, shpresë që nuk e lë të plaket. Po Omeri nuk erdhi as mbas një dite, as mbas një viti, as sot, mbas dy mijë vjetësh. Të vdekurit e rinj nuk hyjnë në varre të vjetra. Sa janë gjallë, nuk u hyn në sy puna e varreve. Një varr që nuk e ka të zotin, mbetet varr djerr, edhe pse nëna ia ruan. U kalb ahu i vjetër, u plak ahu i ri, dy mijë herë ndërroi stina e moti, u pluhuros guri e u shkim jeta, u thanë zemrat e s'u ndal loti, u shtjerrën kroje e lumenj, rrafsh qytetet e gjaku përrenj e ai, Omeri i nënës, nuk erdhi që nuk erdhi. Ai ndoshta nuk vjen kurrë. Ndoshta ka gjetur varr tjetër. Ti m'u duke si im bir, prandaj të thashë eja me mua e ti erdhe, po nuk të lanë. Nuk e lanë Omerin të vijë, nuk i lënë bijtë të shkojnë te nënat. U bëjnë magji shtrigat, u japin mbrapsht shtriganat, u lodhen kuajt e u mbyllen hanet, u bëjnë dredhira kurvat e ua vjedhin lekët hajnat, i vonojnë semaforët e i pengojnë doganat. E ai është i uritur, i plagosur, i vogël është edhe pse ka kaq mijëra vjet që ka ikur. Edhe dielli është plakur për kaq vjet, por jo shpresa e nënës se i biri do kthehet. E nëse kthehet, unë dua ta shoh e para, se edhe e fundit e pashë. Po erdhi nëpër qiell, unë rreze jam dhe e shoh e para, nëpër tokë në ardhtë, fija e parë e barit që ai do të shkelë unë do të jem, a nëpër ujë në u kheftë, nimfë jam dhe dal e pres. Dy fjalë kam me të: asgjë s'ka ndryshuar, kthehu prapë biri im, veç më lër mua të vdes! Po nuk u kthye, varri i tij hapur se hapur do mbesë, plagë në trup të kësaj toke.".

Vetja ime i hapi edhe njëherë sytë. Mbi kokë, burri që na kishte shpëtuar jetën. Njëlloj si atë ditë, ai fshiu djersët në ballin dhe kokën tullace. Si zakonisht, nëna ime nuk bën asnjë përpjekje për t'i ndalur lotët.

"Asgjë s'ka ndryshuar", i them vetes dhe i mbyll rishtas sytë pas asaj kllapie të gjatë. Nuk e di kush në botë se sa do të rri shtrirë në këtë shtrat.

## DOSJA "MIOPI"
*Bisedë në qosh të rrugës*

Ditë e vrenjtur; para pak orësh ka rënë edhe shi. Në qytet asgjë s'ka ndodhur. Askush nuk e ka ndryshuar rrugën e tij të zakonshme. Thashetheme s'ka pasur. Gjërat shkojnë si në vaj. Rendi shoqëror jo vetëm që nuk është cenuar, por s'ka asnjë shenjë që mund të cenohet në një të ardhme të afërt. Populli është i lumtur dhe qeveria e qetë. Megjithatë, S.S-ja është vigjilent. "Lumi fle, armiku s'fle", është kjo një prej parullave që atij kurrë nuk do t'i hiqet nga mendja. Aq më tepër që zhdukja e Farmacistit Miop dhe pamundësia për të zbuluar se çfarë ka ndodhur me të, ia kanë zbehur karrierën. Njëri prej aktivistëve të tij më të përkushtuar, Ha.Fi-ja, është sot në operativitet, duke përgjuar bisedat që kanë lidhje me Farmacistin Miop. Bëjnë sikur takohen rastësisht dhe sikur nuk janë takuar prej muajsh, sepse Ha.Fi-ja është i shoqëruar me disa të tjerë. S.S-ja e fton Ha.Fi-në për të pirë kafe. Ata nuk pijnë kafe, por në qosh të një rruge zhvillohet kjo bisedë. (Nuk duhet harruar se në kolonën zanore, nëse inskenohet ndonjëherë kjo pjesë, duhen vënë bori të rralla makinash dhe të lehura të shpeshta qensh.)

*S.S:* Hë, kemi gjë të re?

*Ha.Fi:* Si t'ju them shoku S.S., në lidhje me Farmacistin pothuajse asgjë. Veç një bisedë vulgare rrugaçësh, që më tepër ka të bëjë me degradimin e tyre moral sesa me atë të sistemit shoqëror.

*S.S:* Dëgjo këtu Ha.Fi., ti je bashkëpunëtor i vjetër dhe e di shumë mirë që shtetit i intereson gjithçka. Tani më thuaj: çfarë halli kishin ata rrugaçët dhe kush ishin?

*Ha.Fi:* Unë nuk ju kam mbajtur kurrë gjë të fshehtë, shoku S.S., vetëm se nuk doja të përsërisja fjalët e tyre, se m'u dukën shumë të ndyra për veshët tuaj.

*S.S:* Shteti duhet të dijë gjithçka, gjithçka! Kupton?

*Ha.Fi:* Si nuk ju kuptoj, shoku S.S., bile, t'ju them të drejtën, më vjen keq që dyshoni tek unë. Po nejse, sipas urdhrit tuaj, sot isha me shërbim te berberhania. Gërshëra bëri sikur nuk më njihte. Siç duket ka filluar të bëhet xheloz për të gjithë ne. Pak para se të mbaronte shiu, hyri ai pijaneci, që vjen nga fshati, me mustaqe spic, ai pra, që shet rakinë e bërë vetë dhe me lekët që fiton dehet në klub. (Merret me mend që S.S-ja miraton me kokë.) I dehur tapë siç ishte, filloi të dërdëlliste: "Ah sikur në vend të shiut të binte raki. Do të kënaqej njerëzia. Shiu është kot. Shi idiot. Ahhh, harrova! Shiu mbush rezervuarët për të ujitur tokën gjatë verës. Po pse, njomet kjo tokë? Pordhë kot...! Rakia, mor vëlla, i shpëton këta njerëz pa u çmendur.". Në këtë çast ndërhyri Gërshëra. T'ju them të drejtën, kijini inatin, por foli hakun, në mënyrë shumë parimore: "Ik ore pijanec, le nam, për çdo ditë i dehur!", i tha. Pijaneci iu kthye: "Nam le ti, more shkërdhatë, e ke qethur gjithë qytetin sikur do t'i nisësh ushtarë! Po me kë mund të luftojmë ne more? Në fund të fundit, kush e qin nanën e vet dhe e di që ne jemi gjallë? Askush! Ne kemi humb si shurra e pulës...!". Pas kësaj bisede në berberhane, hynë ata dy pilipitrakët: "Ulu e qifsh nanën, të shohim pak gallatë!", i tha faqedjeguri atij stërhellit. "Pa e qi nanën e motrën, nuk rri në atë vend. Është i mbushun plot me asi nanqimsh, që shkruajnë letra anonime". "Pesë minuta, sa të tallim pak bythën me Gërshërën". Siç duket, edhe ata e kanë marrë vesh pseudonimin e tij. T'ju them të drejtën, më vjen keq, por Gërshëra është djegur. Nejse, stërhelli nuk hyri, kështu që në berberhane mbetëm vetëm ne. Gërshëra iu kthye përsëri pijanecit: "Si nuk ndenje një ditë i padehur more burrë?". "Më vjen marre; në këtë kohë që jetojmë, është turp të mos bëhesh tapë çdo ditë. Unë vërtet pi e bahem bythë, por mut si ti nuk bahem, nuk më duhet gja mue se çka thonë njerëzit. Unë kam punën time, nderin tim, hallin tim. Ç'mut halli kam unë, ti ke hall, hall të dëgjosh e të spiunosh të tjerët, të dhjefsha hallin e zanatin të dhjefsha!". Edhe pijaneci e ka marrë vesh që ai është bashkëpunëtor. Çfarë duhet më një njeri i tillë? Nejse, kjo nuk është puna ime, por... Iku edhe pijaneci. Kaq, shoku S.S. Hezitova në fillim, vetëm se nuk doja që veshët tuaj të dëgjonin kësi fjalësh të ndyra.

*S.S:* Mirë, Ha.Fi., hapi veshët dhe dëgjo ndonjë gjë rreth Farmacistit Miop.

*Ha.Fi:* Atë po bëj, shoku S.S. Bile kam dashur të bëj autokritikë me shkrim, se kohëve të fundit nuk kam pasur shumë rezultate. Pas 205-s dhe shokut të tij, me të vërtetë nuk kam shkëlqyer shumë në punë, por unë ju premtoj, shoku S.S, dhe nëpërmjet jush edhe organeve më të larta shtetërore, se unë jam plot optimizëm dhe shpresa për të ardhmen!

*S.S:* Ne kemi besim, por duhet të jesh më i zellshëm.

Pasi i shkëmbyen përshëndetjet e ndarjes, Ha.Fi-ja mendoi: "Edhe ky S.S-ja, si nuk ma tha njëherë një fjalë të mirë? Ka nevojë njeriu. Posi ore, ka nevojë ta përkëdhelë dikush me fjalë të mira! Gjithë ato shërbime që i kam sjellë unë shtetit?! Ndoshta S.S.-ja i ka paraqitur si meritat e veta. Po gjithë ata njerëz që i kam denoncuar unë dhe që kanë vite që kalben burgjesh, po të kishin qenë të lirë, mund ta kishin rrëzuar shtetin tashmë. Punë muti! Shtet mosmirënjohës!". Ha.Fi-ja vështroi rreth e rrotull dhe falënderoi zotin që akoma nuk ishte shpikur ndonjë metodë për të zbuluar ato që njeriu mendon në thellësi të vetes. "Vërtet...", vazhdoi ai mendimin, "...sikur të kishte ndonjë metodë të tillë, edhe vetë S.S.-ja, që hiqet si mbrojtës i zellshëm dhe i pakorruptueshëm i shtetit, mund të përfundonte në burg. Lëre më unë e çiftat e mi! Sa gjë e bukur do të ishte; nëpër burgje do të kishte më shumë njerëz sesa jashtë tyre! Natyrisht, në një situatë si kjo, ata që do të ishin të lirë, do të kërkonin me forcë të burgoseshin, të jetonin si shumica e popullsisë, në burg. Gjërat do të merrnin një rrjedhë tjetër. Shumica e popullsisë nuk mund të rrijë në burg. Pakica po. Shteti ynë është shtet i shumicës, nuk është si në vendet e huaja, ku pakica ka pushtetin dhe shumica e popullsisë është në burg ose jeton në gjendje të njëjtë me atë të burgut. Kjo është krejt e vërtetë. Bile, ky është ndryshimi mes sistemit tonë të përparuar shoqëror dhe atij të huajit, që është i prapambetur. Këto sqarime na u dhanë edhe në formën e fundit të edukimit javën e kaluar. O partia ime! Po unë kam harruar të përgatitem për formën e sotme të edukimit! Si do të justifikohem?! Si nuk u kujtova t'i merrja shokut S.S. një letër të shkurtër, ku t'i shpjegohej instruktorit detyra e rëndësishme që më ishte caktuar sot? Atij i shkon fjala te shoku instruktor.". Iu duk vetja i pashpresë. Ndihej i uritur, pak i fyer dhe po i mërdhinin majat e veshëve. Dimri nuk ishte fort larg.

(Ha.Fi-ja, në fund të kësaj skene mbështillet në pardesynë e shkurtër me jakë të gjerë, fut duart në xhepa dhe hedh hapin e parë. Pa e vënë në tokë, nëse kjo pjesë e librit xhirohet film, regjisori dhe drejtori i fotografisë duhet të kenë kujdes që hapi i Ha.Fi-së të mbetet i ngrirë në ajër. Nëse do të inskenohet në teatër, aktori, që do të luajë këtë rol, duhet ta mbajë këmbën jo shumë larg tokës. Veprimi mund të kryhet i saktë nëse aktori e ka parasysh shprehjen popullore "as në tokë, as në qiell").

## LIBRI IM

Vendosa të bëj pushim. Pushim i thënçin, se në të vërtetë kisha si qëllim që atë ditë ta harxhoja dyqaneve për të blerë diçka për nënën. Më kishte hipur dëshira që të shpenzoja shumë para, vetëm e vetëm ta kënaqja atë me një dhuratë për të qenë. Këtu shitoret, kuptohet, janë ndryshe nga ato të vendit tim. Njerëzit blejnë, mbushin karrocat e vogla, i dërgojnë sendet në makinat e tyre dhe askush nuk e merr vesh se çfarë kanë blerë. Në vendlindjen time, shitëset bythëmëdha e petulluska i tregojnë gjithkujt se çka ka blerë filani sot apo dje. Shitoret këtu janë plot dhe çmimet të çuditshme. I njëjti kostum, me të njëjtën ngjyrë, numër, prodhues dhe cilësi, ka çmime të ndryshme në shitore të ndryshme. Kësisoj më duhet t'i bie vërdallë tërë qytetit për të blerë diçka për të qenë me paratë që kam kursyer për muaj të tërë, duke shkurtuar një vakt, nga tre normalë në ditë. Një kostum i prodhuar në Hong-Kong, kushtonte diçka më shumë se gjysma e kursimeve të mia. Por unë doja të blija shumë sende dhe, natyrisht, të mira. I kisha për nënën e jo për një njeri sidokudo. Duheshin këpucë, çorape, këmisha, triko, pallto dhe shami. Të gjitha këto kushtojnë më shumë se paratë që unë kam. Aty nga dreka vendosa t'i blija një kostum dimëror, që tash në verë kushton më lirë, si edhe disa cingla-mingla të tjera. Cingla-mingla u them unë, por paratë e mia mbaruan. Pasdite i palosa të gjitha, duke u hedhur lëngje erëmira, futa edhe disa sapunë të vegjël e karamele shumëngjyrëshe me shije të këndshme. Duke bërë këtë punë që më dha kënaqësi e çlodhje, po imagjinoja fytyrën e nënës në çastin që do t'i hapte, atje, në dhomëzën e vockël, ku qante fshehurazi. Atë ndjenjë të shkurtër lumturie, që vrapon në tërë qenien e saj të mplakur, atë përpjekje të panevojshme për të mos e dhënë veten, qortimet gjysmë të pasinqerta se kam harxhuar shumë, ndërkohë që mund të jetë duke bërë inventarin për të parë se çfarë gjërash i mungojnë në atë pako me aq shumë rroba, që ajo nuk i ka blerë gjatë gjithë jetës së saj, marrë së bashku. Pasi i vendos të gjitha mënjanë, e kënaqur dhe me kuriozitet të shuar, më kthehet mua dhe fillon të më pyesë për çmimet. O zot, a ka burrë që mund të bëjë llogaritje duke përfshirë edhe kursin e shkëmbimeve?! Do të më duhet t'ia fus kot gjysmën e kohës, veç duke bërë kujdes që të mos i duken shumë të shtrenjta, por edhe jo aq të pavlera. Jam i bindur se kur ajo t'ua tregojë motrave dhe shoqeve, çmimet do të dy-trefishohen. Megjithatë, më falënderon nga thellësia e zemrës për dhuratën, duke m'i puthur duart e natyrisht duke qarë... Unë e marr në kraharor, e bind se kjo dhuratë nuk është asgjë më tepër sesa një kokrrizë rëre në shkretëtirën e vuajtjeve të saj për të më rritur mua dhe se, po të mos më duhej të blija libra për punën time, do t'i kisha blerë edhe më tepër.

Nëna sikur e ka marrë dorën time në të sajat dhe

fillon të më pyesë me imtësi, një lloj hetimi policoro-prindëror i pashmangshëm: si ia kam kaluar, në përgjithësi dhe në veçanti, me çfarë e ha bukën, a kam ftohtë, a më dhemb në ndonjë vend, a janë të vështira mësimet, kush m'i lan rrobat e a më merr malli, a kam shokë e si jetojnë këtu, çfarë bëj pasditeve, po paraditeve, si ishin çmimet, a më mjaftojnë paret, si është koha, a bie shi, po dielli a bie, a lodhem kur eci në këmbë, a isha trembur kur fluturova me avion, a ishte dita ditë e nata natë, toka tokë e qielli qiell, uji ujë e guri gur, a ka zogj e pemë, a ka yje dhe a ka hënë, a ka të sëmurë e a ka plagë, a ka të vdekur e a ka të gjallë, a ka lumë e mbi të urë, a ka burgje ngritur me mur, a ka hije e a ka fantazma, a kanë pushkë e a kanë kazma, njerëz janë e çfarë soji, zot a kanë dhe të çfarë lloji?

Kjo pamje sikur më është përsëritur disa herë në jetën time. Të paktën aq herë sa jam larguar nga shtëpia, qoftë edhe për dy-tri ditë. Jemi të dënuar t'u japim përgjigje prindërve, siç janë ata të dënuar të na pyesin. Nuk ka shpëtim nga ky kurth i vjetër. I vetmi shpëtim është varri. Vërtet, si nuk e kam menduar më parë këtë punë? Nëna edhe mund të ketë vdekur ndërkohë! Unë kam muaj që nuk di asgjë për të! Nuk është e mundur; ajo nuk vdes pa u kthyer unë. Më ka thënë se më pret. Pastaj unë i kam blerë gjithë ato dhurata! Ku t'i çoj ato? T'i humb, t'i fal në ndonjë kishë, apo t'u vë flakën? Pse kurseva unë për muaj të tërë? Ku shkuan privimet e mia, uria ime? Pse duhet të bëhen të gjitha tym e hi, vetëm pse nëna ka vdekur? Të kishte vdekur përpara se të nisesha unë! Me ato para mund të kisha blerë libra ose, tek e fundit, mund të kisha ngrënë ndonjë darkë me Haikon. Ndoshta edhe me ndonjë tjetër. Unë e di që vajzat kanë dëshirë t'i ftosh për darkë ose thjesht për t'i qerasur. Jo se duan t'i bien qylit, por se ashtu ndjehen më të vlerësuara. U duket vetja dikushi. Ndoshta kjo ndodh ngaqë të ngrënit bashkë krijon intimitet, më shumë mundësi për t'i shmangur disa emocione, që e zotërojnë njeriun kur ai përgatitet të thotë gjëra më rëndësi.

Bindem se do të ishte i kotë çdo lloj arsyetimi nëse nëna do të kishte vdekur! Filloj e imagjinoj funeralin thatim, me pak njerëz, nënën me sy të mbyllur, me një kokërr loti të ngrirë mbi mollëzën e akulluar të faqes, varrin e hapur pa kujdes nga punëtorë që paguhen pak. A thua ka pasur njeri afër për ta ndihmuar që t'i dilte shpirti? Thonë se duhet një njeri i dhembshur për të të ndihmuar të vdesësh. Duket pak kriminale që t'i ndihmosh të tjerët për të vdekur, por ja që është punë që duhet bërë. Mund të pyetet se përse ky njeri i dhembshur nuk është gjendur që të të ndihmojë për të jetuar? Ja, edhe mund të ishte gjendur. Njeriu ka nevojë ta ndihmojnë për të lindur, për të jetuar dhe për të vdekur. Kështu jetohet, duke ndihmuar njëri-tjetrin. Po edhe për të vdekur, kështu vdiset. E tmerrshme është, siç thashë, të të ndihmojnë për të vdekur, thua se nuk ka mjaftuar një jetë e tërë e tmerrshme, plot me vuajtje e stërmundime për të krijuar të gjitha lehtësitë e një vdekje të kollajtë! Thua se gjatë asaj jete nuk janë gjetur njerëz, që ta kanë bërë atë më të zezë se vdekjen. Por, këta njerëz nuk të ndihmojnë në çastin kur jep shpirt. Ata, po të ishin të mundshëm të ndodheshin aty, do të përpiqeshin që ta zgjasnin jetën, torturën, pafundësisht. Në çastet e fundit duhen njerëzit më të dashur, më të afërt, për të bërë punën më të shëmtuar, më kriminale mbi dhe: të ndihmojnë një njeri të vdesë. Ndoshta kjo është hakmarrja më mizore që një i vdekur ndërmerr në çastet e fundit: inkriminimin e njerëzve të vet. Nëse nëna ime ka vdekur pa u kthyer unë atje, e ka bërë këtë vetëm për të më shpëtuar nga një njollë e tillë.

Ndërpres këto mendime ogurzeza për nënën time. Ngrihem, marr rrobat e paketuara dhe i vendos në dollap. Një gjumë peltoz m'i këput gjunjët...

Fill pas gjumit.

E çuditshme, sonte nuk pashë asnjë ëndërr. Më saktë, vetëm zëra kam dëgjuar. Vaje dhe kuje të vjetra, që sikur e lëpinin hënën. Asnjë figurë nuk kam mundur të shquaj. Vetëm zëra.

# NATËN E VITIT TË RI

Ishim të sigurt që do të hanim revani, një lloj ëmbëlsire që gatuhet me miell, vezë dhe sheqer. Duhet edhe pak sodë buke, me qëllim që brumi të fryhet. Nëna e kërkoi te fqinja dhe e gjeti. Im atë bleu portokaj dhe hurma. Pak fiq të thatë i kishim dhe një kile arra. Raki na kishte sjellë kushëriri nga fshati. Në shkollë, mua dhe vetes time, na bënë dhuratë me rastin e festës së Vitit të Ri: një tullumbace me pika, një filikaçë kauçuku me një vrimë, një karamele "Zana" dhe një fik të prishur, që e hodhëm.

Kur po përgatitnim darkën e madhe, dëgjova babanë të thoshte se në gjithë qytetin tonë nuk kishte mish, por, shtoi ai, janë marrë masa urgjente që të vijë nga kryeqyteti para mbrëmjes. Mori një qese plastike dhe u nis për në radhë. "Nuk kalohet Viti i Ri pa një kile mish, dreqi ta hajë!", tha nëna dhe më vuri të qëroja patatet e të grija turshitë. Më vonë e pyeta nënën se, në qoftë se nuk do të vinte ajo makina me mish nga kryeqyteti, ne a do ta festonim Vitin e Ri apo jo. Ajo më siguroi me një "po" që na mjaftoi. Vetes time i pëlqente festa e Vitit të Ri. Rrinte e ëndërronte se kur do t'i vinte radha edhe shtëpisë sonë, që ajo karroca e tërhequr nga kaprojtë t'i sillte dhuratat e shumëdëshiruara. E kishte parë vetja ime atë karrocë njëherë në një kartolinë, që i kishte ardhur një shokut tonë të klasës nga një i afërm që jetonte jashtë kufijve të atdheut tonë të dashur.

Nuk i hiqej më nga mendja. Ku i dihet, thosha unë, ndoshta na vjen edhe neve radha. Bota ka shumë fëmijë e ai vetëm një Baba Dimër është. Mbrëmja po afrohej dhe babai akoma nuk ishte kthyer. Na u fikën dritat. Ashtu në gjysmë errësirë përgatitëm dy-tri pjata me vezë të ziera, patate, djathë, turshi, qepë, dhe po prisnim mishin.

Dikur ndezëm një llambë vajguri, që nuk bënte tym. Duke u tallur pak me hijet e mëdha që projektoheshin në mure, hanim ndonjë patate të fërguar, fshinim sytë prej lotëve, që na dilnin nga tymi i stufës me dru gështenje të lagura, që mezi ndizeshin dhe po prisnim. Pak para se të vinte mishin, erdhën edhe dritat. Ndezëm radion dhe po dëgjonim programin e pasur me muzikë dhe humor nga rrethet e ndryshme të vendit. Dëgjuam edhe lajmet… "Njerëz të moshave dhe profesioneve të ndryshme u mblodhën sot në kryeqytet për të festuar me ballin lart dhe duart plot festën tradicionale të Vitit të Ri…".

Në orën dymbëdhjetë të natës do të përshëndeste edhe ai, udhëheqësi më i madh dhe më i lavdishëm, zoti që ruhej me ushtarë të vjetër dhe "kallashnikovë" të rinj. U gëzuam kur babai solli mishin. "Do ta përgatis vetë", tha shkurt dhe nuk na lejoi t'i shkonim mbrapa. Pas pak erdhi në kuzhinë, solli mishin të copëtuar, pa asnjë kockë: "Ua hodha qenve", shpjegoi. Mishin e poqi nëna, një pjesë e ndau mënjanë për herë tjetër. Era e tij u bashkua me tymin e stufës, që s'po na bënte më përshtypje. Pas pak, copat e vogla na i ndau nëpër pjata dhe ja kështu ne ishim gati ta fillonim festën e Vitit të Ri. Për pak harrova: babai solli rakinë, ndërsa nëna gotat. Për mua dhe veten time një gotë të vogël. "Epo, gëzuar!", uroi babai, duke e vështruar veten time në dritë të syrit. Ishte një çast i rrallë. Se si më erdhi, ta përqafoja, ta shtrëngoja fort babanë tim të lodhur, të mërzitur, që nuk i qeshte kurrë buza. Isha gati t'ia falja të gjitha, isha i bindur se ai më donte, më donte me gjithë fuqinë e tij të pakët. Ai punonte natë e ditë për të marrë aq pak lekë sa për të na ushqyer, ai sakrifikohej dhe… u ngrita, hapa krahët dhe gati sa po e ndjeja përfshirjen e krahëve të tij kur ai… volli mbi tavolinë. U stepa. Kurrë nuk e kisha parë babanë të dehej. Ai as atë natë nuk kishte pirë. E ndihmuam bashkë me nënën të pastrohej. Pjatat, ashtu të panisura, i derdhëm në plehra. Pjesën tjetër të natës e kaluam në heshtje, duke fërkuar sytë që na digjnin nga tymi… dhe lotët. Nuk prita të dëgjoja fjalën e atij në orën dymbëdhjetë. Në krevat pyesja veten se çfarë mund t'i kishte ndodhur babait. Ndoshta ishte i sëmurë?! Mos kishte vendosur të vdiste?! Dukej mjaft i plakur dhe i lodhur. Boshllëku që do të krijonte vdekja e tij më trembi. U ëmbëlsova vetëm kur kujtova se të nesërmen do të haja revani.

# FATE QENSH TË NDRYSHËM
*-qen dyshi-*

Një herë në javë, im atë e lejonte veten time të shkonte te xhaxhai për të parë ndonjë film në televizor. Kishte pak të tillë në qytetin tim dhe të gjithë ishin bardhë e zi. Në fillim u habitëm se si njerëzit dilnin në atë lloj xhami e jo rrallë afroheshim, dilnim anash e uleshim poshtë, me shpresë të shihnim kurrizin, të shihnim çfarë fshihej pas ndonjë objekti. Kish ndodhur ta fiknim televizorin nga frika se ndonjë personazh filmi mund të shpërthente ekranin e të na mbinte në mes të dhomës. Nejse, dikur u mësuam edhe ne me atë botë dy përmasore, të rrafshët e të xhamtë. Në njërën prej këtyre netëve, unë bashkë me veten time pamë një film që bënte fjalë për një qen kufiri. Ishte jo nga ata që mund të shihen e takohen çdo ditë rrugëve. Ishte qen i kaftë, me lesh të shkurtër si ushtarët, me një maskë hekuri në turinj e që e lidhnin me një rrip në mes. Gjatë filmit arrinte të zbulonte me nuhatje gjurmët dhe vendin ku ishin fshehur armiqtë, të cilët, edhe pse dinakë e të armatosur, nuk mundnin t'i bënin ballë zgjuarsisë dhe fuqisë së tij. Poshtë kthetrave përfunduan tre-katër burra me mjekra e favorite të gjata, me kallashnikovë e thika. Skenari i filmit ishte ndërtuar mbi motivet e poezisë së njërit prej poetëve më të shquarve të kohës, me titull: "Kafsha ushtare". Kafsha ushtare, gjatë betejës, u plagos rëndë dhe, me gjithë ndihmën e pakursyer mjekësore, "vdiq" atë mbrëmje. Iu bë një ceremoni prekëse varrimi dhe fjalimi i komisarit të postës së kufirit ish një hartim i bukur dhe emocionues: "Me qen të tillë s'ka ç'na bën asnjë armik", përfundoi fjalën ai. Armiqtë e vrarë nga qeni, i varrosën buzë një përroi me ujë të turbullt.

Atë natë, ndërsa po ktheheshim në shtëpi, vetja ime më pyeti: "A do të të pëlqente të ishe qen?". Po, i thashë, me një kusht veç, që të isha qen kufiri. Vetja ime, si zakonisht, u pajtua me mua.

Vonë, atë mbrëmje, vetja ime filloi të mendonte për fatin e qenit të fqinjit tonë. Ai është një qen ndryshe nga këta dy të parët e ne do të tregojmë diku tjetër për të - e binda veten time.

## PAK DITË PAS VITIT TË RI

Hyra në klubin "Gëlbaza" të blija një paketë duhani, nga ato që tymos im atë. Quhet "Gëlbaza", se më së shumti rrinë pensionistë, nga ata të luftës së fundit. Pak nga sëmundjet e mushkërive e pak nga duhani i keq dhe i fortë që pijnë gjithë ditën, rrinë duke u kollitur e duke pështyrë në tokë. Asnjë këmbë të riu nuk shikon në këtë klub. Ata e urrejnë këtë strofull të ujqërve të vjetër, por edhe pleqtë janë rehat larg ngacmimeve të tyre.

Vetja ime po priste në këmbë për të marrë paketën nga një kameriere plakë si vetë klientët, kur dëgjoi këtë bisedë në një tavolinë afër derës:

"Ju mund të thoni se nuk është e vërtetë, po ja që është. Dikujt nga ne i ka ndodhur! Jo, jo, më mirë të mos jua tregoj. Ai që ma tregoi, nuk është në vete. Është ai që po shkruan atë librin, për të cilin thotë se qenkërka libri më i mirë në botë! Unë nuk i besoj atij. Më duket i marrë. Thonë se paska shkruar në libër që njëherë i ka shkuar ndërmend ta bëjë atë punën edhe me nënën e vet. Teveqel e maskara është, nuk i besohet atij".

"Po mirë, ti tani po na flet për shkrimtarin, apo për atë që i ka ndodhur ndonjërit prej nesh?".

"Jo, jo nuk mund t'jua tregoj! Nuk flas!".

"Fol, duhet të flasësh!".

"Fol, duhet të flas……

"Fol, duhet të………..

"Fol, duhet............…..
"Fol, du...............…......
"Fol, d.....…..............…
"Fol......….................…
"Ffffooooooooooooollllll!", iu lutën të tjerët.

Kamerierja plakë më lëshoi paketën në dorë dhe u përpi edhe ajo në bisedë, ndërkohë që pleq të tjerë kishin afruar karriget dhe, ngaqë nuk dëgjonin mirë, pothuaj të gjithë e kishin vënë nga një dorë pas veshi.

"Mirë pra, po flas. Unë hallin e veshëve tuaj kam, sa për veten time nuk më bëhet vonë; kam dëgjuar ç'kam pasur për të dëgjuar. Më kuptuat? Nuk ju kam asnjë borxh, edhe njëherë po ju them: është më mirë të mos flas!".

"Fooooooooooool bre burrë se na çmende!".

"Mirë pra, po flas. Ai më tha se ka ndodhur në qytetin tonë. Shiko, po e theksoj edhe njëherë: ai më tha! Më tha se për këtë Vit të Ri, qyteti ynë paskërkish mbetur pa mish, por meqenëse për ne kujdeset vetë shteti, ky i fundit paskërkish nisur një fugon të kuq plot e përplot me mish për të na ardhur bash në natën e Vitit të Ri. Deri këtu historia është e vërtetë, për ideal! Pastaj vazhdoi: "E ke njohur shoferin e fugonit të kuq?", më pyeti. Ku di unë i shkreti, i thashë. "Po more, të kujtohet, se është përmendur edhe në një libër të një shkrimtari të madh.", emrin e të cilit nuk e përmendi, "Është ai shoferi që shikonte në ëndrra kokat tuaja të shndërruara në kafka dhe të lidhura me një tel pas fugonit të tij, duke i zvarritur rrugëve të qytetit.". Ja, kështu më tha. E njihni ju këtë shofer, po autorin e tij? Edhe ju nuk i njihni. E shoh unë, ia ka futur kot ai, sa për të më ngatërruar mua. "Po ju ia hëngrët kokën atij, dolët më të fortë", vazhdoi ai. Edhe njëherë dua t'ju pyes: doni që ta vazhdoj historinë, që më tregoi ai, apo jo? Jo, se unë e ndërpres. Nuk më bëhet vonë. Unë kam dëgjuar, ç'kam pasur për të dëgjuar. Hallin e veshëve tuaj kam. Hë, të flas, apo të mos flas më?".

"Foooooooooooooooool!", iu lutën të gjithë pleqtë me një gojë.

"Mirë pra, po flas. Ai vazhdoi të më tregonte se shoferi kish mbërritur vonë, pasi rruga ishte e mbuluar me akull dhe dëborë. Ne e dinim që ai do të vinte. Shteti na kishte lajmëruar. Ju e mbani mend? Ne dolëm dhe e pritëm. E pritëm tri-katër orë. Pastaj, vazhdoi ai, ne i paskemi parë dritat e makinës në kthesën e fundit para se shoferi të hynte në qytet dhe paskemi pritur edhe një orë tjetër. Meqenëse makina nuk erdhi, ne i ramë mbrapa për të parë se çfarë kishte ndodhur. Në kthesën buzë përroit, makina kishte rrëshqitur dhe ishte bërë copa-copa. Të gjitha këto kanë ndodhur me të vërtetë dhe ai nuk ka shtuar asgjë në historinë e tij. Kjo ka ndodhur para pak ditësh. I gjithë qyteti e di. E di edhe shteti. Hë pra, pse nuk flisni? Apo doni që vetëm unë të flas? Nuk flas më!".

"Fooooooooool, të lutem!", i mëshuan të gjithë pleqtë me një zë.

"Mirë pra, po flas. Ai tha se ne paskemi zbritur në përrua, kemi mbledhur mishin e shpërndarë nëpër borë dhe jemi kthyer të kënaqur nëpër shtëpitë tona, pasi nuk paguam asnjë lek. Edhe kjo është e vërtetë. S'keni çfarë thoni.".

"Ama, këtë të ka thënë? Këtë e dinë të gjithë, more i rrokatur. Shoferi vdiq, e varrosën, ne e kaluam për bukuri Vitin e Ri; çfarë ka këtu për t'u dramatizuar?! Kot na e harxhove kohën!", murmuriti një plak, që vetëm koha nuk i duhej asgjë.

"Prit, prit mos u bëj i paduruar, se ai më tha një gjë të tmerrshme, të cilën akoma nuk kam guxim t'jua them.".

"Pa hë, na e thuaj, se na plase!".

"Dikush nga ne, në vend që të merrte mishin e shpërndarë, ka marrë këmbën e shoferit, pa e ditur. Shoferi është varrosur pa një këmbë. Kështu që dikush nga banorët e qytetit tonë e ka ngrënë atë këmbë.".

Shumica e pleqve që ishin në tavolinë, ngrinë si cungje të zeza. Edhe kamerierja plakë. Unë mora veten time për dore dhe dola përjashta. M'u kujtua nata e Viti të Ri, im atë dhe e vjella e tij...!

U shastisa. O zot, si do të ishte fundi i këtij viti, kur fillimi kishte qenë i tillë?

## LIBRI IM

Asgjë nuk po ndodh. Kur shkoj nëpër leksione, ka raste që dëgjoj ligjërata që nuk më mërzisin. Gjë që rastis rrallë. Kjo ditë shkoi mirë, them me vete. Nuk më duket me interes të shpjegoj se rreth orës njëzetë e tre ha darkë, dëgjoj pak muzikë, pastaj studioj deri në dy-tre të mëngjesit. Pi shumë kafe. Edhe gjatë natës. Shtrihem në krevat dhe nuk më zë gjumi deri afër mëngjesit. Kjo kohë më pëlqen më së tepërmi, sepse janë çastet kur nis e mendoj ndonjë gjë dhe vazhdimin e saj e shoh në ëndërr. Të nesërmen nuk jam në gjendje të ndaj se çfarë kam menduar zgjuar dhe çfarë kam parë në ëndërr. Është i vetmi kufi i butë, që unë e kapërcej me lehtësi.

Kërcet dera. Me përtesë ngrihem ta hap. Kur shoh: Haiko.

"Ke qenë i mrekullueshëm mbrëmë, i dashur. Kur do të takohemi sonte?", më pyet me një zë të kadifenjtë.

"Do të takohemi mbrëmë", i them dhe ajo largohet me një buzëqeshje aziatiko-orizore të shpërlarë.

Kur bëhem i zoti të kontrolloj veten nga turbullira që më shkakton vizita e saj e befasishme, kuptoj se kam dhënë një përgjigje ku kam ngatërruar gjymtyrët e fjalisë, si në një përçartje. Ngushëllohem: "Nëse jemi takuar mbrëmë, edhe sonte në të njëjtën orë do të takohemi. Haiko nuk është aq e pazgjuar sa të mos e kuptojë belbëzimin tim. Aq më tepër që unë paskam qenë i hatashëm mbrëmë! Në mes të fjalëve "mbrëmë" dhe "do të takohemi" duhet të ketë një lidhëz krahasuese "si", që është e zonja të tregojë ngjashmërinë e fenomeneve dhe mundësinë e përsëritjes së tyre.".

Pas këtij arsyetimi, që nuk më shpenzon shumë kohë për ta analizuar, vërej se gjërat e zakonshme të ditës kanë mbaruar dhe ka afruar koha e gjysmës tjetër, në të cilën, siç kam shpjeguar, ndodh që unë nis të mendoj diçka dhe e përfundoj duke ëndërruar për të.

Është e dobishme të sqaroj se sonte mendova përsëri për Haikon. Ajo është e brishtë, pak qelqore, e tejpashme. Mban një minifund të mishtë dhe, ngaqë nuk shquhet ndryshimi i ngjyrës së tij me atë të lëkurës, duket sikur në pjesën e poshtme të trupit është krejt e zhveshur. Format bukurisht të harkuara të këmbëve të krijojnë përshtypjen se ajo pjesë e trupit të saj nuk përfundon si natyrisht ndodh me qeniet njerëzore, me këmbë, por me një bisht të përsosur peshku. Flokët e saj sterrë të zeza, të gjata deri në mes, me nuanca të një bluje të mbyllur, me sytë që janë një magji e papërshkrueshme (zor se mund të përshkruhen edhe nga poeti më i famshëm i vendlindjes sime) dhe me atë butësi të parefuzueshme të sjelljes, ajo nuk mund të jetë gjë tjetër veçse një krijesë gjysmënjerëzore e gjysmëhyjnore. Për çudi, ajo është edhe pak kurvë. Do të ishte shumë interesante të kisha një fëmijë me të. Fëmija e një gjysmëperëndie-kurvë me një njeri të zakonshëm, kush e di se si do të ishte.

Ajo nuk është kurvë e zakonshme. Është e jashtëzakonshme. Ka bërë dashuri edhe me një monstër. Po fëmijët e një gjysmëperëndie, kurvë, me një monstër, si duhet të jenë? Ndoshta po nxitohem. Ku i dihet, ajo edhe mund të mos ketë bërë dashuri me monstrën, lëri mburrjet e tij. Ndoshta ka qenë e detyruar prej rrethanave t'i dorëzohet, nëse vërtet i është dorëzuar. Pastaj, çfarë të drejte kam unë të paragjykoj monstrën?! Ai mund të jetë shumë më i mirë se unë. Më njerëzor. Në fund të fundit, kush jam unë që i jap të drejtë vetes të gjykoj kaq ashpër për ata të dy? Ajo mund të mos ketë qenë e detyruar nga asnjë farë lloj rrethane të bëjë dashuri me monstrën dhe ka bërë se ia ka pasur kokrra e qejfit.

"Kot e lodhni veten me arsyetime të tilla. Gjërat janë më të thjeshta. Ato ose ndodhin, ose jo. Komentet u vlejnë vetëm atyre që merren me arsyetime filozofo-sociologjike", po i thoshte vetes time një zë, që nuk dukej i panjohur.

"Ku e dini ju, se unë nuk merrem bash me atë punë?", guxova e pyeta.

"Jam e bindur se gjëja që ju intereson më tepër është të pyesni.".

"Është e vërtetë. Kjo është një formë për të mbledhur material, të dhëna, informacion dhe pastaj të analizoj.".

"Ju nuk keni kohë për të analizuar, sepse jeni shembullor për ta përdorur keq kohën. Për shembull, ju përshëndesni pa asnjë shkak dhjetëra njerëz në ditë. Ata nuk jua dinë fare për nder, ndërsa ju e humbisni mendjen nga analiza.".

"Siç duket, ju keni shumë kohë që më njihni, kështu?", e pyes zërin provokues.

"Nuk ka nevojë njeriu për ta njohur gjatë tjetrin. Mjafton fakti që ju më keni përshëndetur edhe mua me dhjetëra herë në ashensor, pa më njohur fare. A nuk është kjo e vërtetë?".

"Kjo edhe mund të jetë e vërtetë, por aq sa mund të arsyetoj tani, ju jeni një prej krijesave që më intereson, kjo ka qenë edhe arsyeja pse ju kam përshëndetur. Natyrisht, pa dashur t'ju mbivlerësoj, kam arsyetuar se të përshëndesësh një fqinjë, në se u vërtet jeni ajo që unë shpresoj të jeni, është jo vetëm e dobishme, por edhe e virtytshme. Ne jetojmë bashkë. Një mur na ndan. Edhe populli im, ai të cilit i përkas, e ka një zakon të tillë. Është tjetër gjë ajo që bëjnë fqinjët e popullit tim. Ata shkojnë keq me ne. Janë xhelozë…! Ndoshta nuk e dini, por unë jam krenar për prejardhjen e popullit tim. Është popull i vjetër, pak idhnak, i mbetet qejfi kollaj kur ia bëjnë me të padrejtë, por është i pastër, është i ndershëm dhe ka një histori që shumë kombe të civilizuara ia kanë lakmi. Për shembull, sikur asgjë tjetër të mos përmendim, ne kemi mbrojtur kristianizmin në mesjetë. Duhet të më besoni, kjo gjë nuk ishte e lehtë!".

"Shikoni, mua nuk më intereson populli juaj, më

intereson ky popull...", e ndërsa ajo flet, ndjej të më shtrëngojë organin seksual, "...prej këtij kanë ardhur të gjithë e, si rrjedhim, të gjithë popujt janë kara!".

"Ju lutem, po ma shtrëngoni shumë...", u ankova.

"Hidhuni, maçoku im, hidhuni!".

Unë, natyrisht që hidhem. Hera e parë është shumë e shpejtë, si rendja e rrymës elektrike dhe, pas saj, ne e gjejmë veten të platitur në shtrojë duke puthur në të rrallë lëkurën e djersitur të shoqi-shoqit. Unë i përgjigjem "jashtëzakonisht" pyetjes së saj "nëse më pëlqeu", ajo ma mbyll gojën me një puthje groposëse, sapo unë filloj të rizgjohem nga topitja. Ajo ngrihet, hedh fustanin e saj blu të errët mbi abazhurin e bardhë, vendos një kasetë epshndjellëse, megjithëse të qetë, dhe më hidhet sipër me një energji gati të papërballueshme. E puth në gjinjtë e ngrohtë, ja marr thithkat në mes të dhëmbëve, ja thith me sa fuqi kam, ajo tërhiqet, unë i shkoj pas, e puth në bark, në kërthizë, i kthehem hovtaz qafës së saj gjysmë të tejdukshme, në buzë, në sy, e kafshoj në shpatull, në brinjë, e puth në ije, e shtrëngoj në pubis, e lëpij në anët e brendshme të kofshëve, zgjas gjuhën në brendësi të "vullkanit", ndërkohë ajo është duke thithur "veglën" time, ndjej një rrëzim të beftë në shtyllën kurrizore, më dalin ca tinguj të pakontrolluar, ajo rrëshqet poshtë meje, gjithçka e mundur është puthitur, është ngjitur, ajo fillon e qan, më kafshon në kraharor, më ngul thonjtë në kurriz, më shtrëngon sa mundet mes këmbëve, unë jam shkrehur, jam lodhur, ajo më lutet: edhe pak, edhe pak, edhe pak të lutem, o shpirt, o zemër, edhe paak ohhh, edheee paaakk ohhooo! Edhe ajo s'ka fuqi më; kërkon si nëpër mjegull me lëvizje të pasigurta buzët e mia, i gjen, m'i lag me buzë, me gjuhë dhe shkrehet si e vdekur. Vetëm pak minuta më vonë, ajo ngrihet, lëshon dushin, vë tapën e vaskës dhe, ashtu lakuriq, ulet përballë meje me një gotë martini në dorë. Më ofron edhe mua një gotë plot me uiski dhe akull. "Gëzuar", më thotë në gjuhën e saj që nuk e kuptoj, por që ma merr mendja. Gëzuar i them edhe unë në gjuhën time dhe e rrëkëllej me fund. Akulli që përplaset në fundin bosh të gotës lëshon tinguj të gëzueshëm. Pas pak ajo ngrihet, dëgjoj gurgullimën e ujit; po lahet. Muzikë. Dhoma është blu. Shoh vetëm një të çarë të hollë drite në njërin mur anësor. Ndjej që buzët më janë tharë. Kam etje. Dëgjoj përsëri gurgullimën e ujit dhe hap sytë. Është mëngjes. Dielli ka hyrë nëpërmjet perdeve, ndërsa një skurrjel uji vazhdon të rrjedhë përsëri. Ngrihem, hap dritaren, pas saj edhe çezmën, që siç duket e kisha harruar pak të hapur në darkë, lahem, vishem dhe, pa pasur asnjë ide se çfarë do të bëja gjatë ditës, gjendem në mes të rrugës.

Më pret një ditë e zakonshme, me endje nëpër mjedise që nuk m'i ka ënda. Ato që kanë ndodhur mbrëmë nuk më interesojnë më. E vetmja gjë që më ka mbetur merak është se harrova të pyes për lidhjet e saj me monstrën, edhe pse nuk jam i sigurt se kë mund të pyesja.

# VDEKJA E GJYSHES, PËRRALLAVE DHE REALITETI

Në krevatin e spitalit ndenja bukur gjatë. Pas disa kohësh u bëra mirë. U ngrita në këmbë dhe mund të ecja, të ushqehesha vetë, të shkoja në shkollë dhe të bëja detyrat. Njerëzit kishin filluar të mendonin se unë kisha dashur të mbysja veten atë ditë me shi, kur u futa në lumin e çmendur. Kishin filluar të bëheshin më të kujdesshëm me veten time, i flisnin më me butësi, e privilegjonin. Madje në dramën që do të vinte shkolla jonë me rastin e festimit të Festave të Mëdha, na dhanë rolin kryesor, atë të Sekretarit. Ky sekretari kishte në dorë gjithë jetën e vendit dhe në dramë ishte si punë perëndie. Nëpër prova më thanë të isha më i gjallë, më optimist, të gjendesha gjithmonë në krye të punëve - domethënë vetja ime që luante rolin e Sekretarit. Unë akoma nuk ndjehesha mirë. Më ndodhi që të mungoja dy-tri herë në prova. Pas kësaj, më thanë se kishin vendosur që rolin e Sekretarit do t'ia jepnin një tjetri, mua do të më jepnin rolin e tij. Unë dhe vetja ime u pajtuam me këtë ndryshim. Ne, përgjithësisht, jemi dakord me ata, që vendosin për fatin e të tjerëve si t'ua ketë ënda.

Në këto ditë ndodhi që unë dhe vetja ime vërejtëm se, kur i shkëmbenim shikimet me një vajzë të zbehtë, anemike, që luante në dramën e shkollës rolin e pastrueses, diçka lëvizte me vrull në fund të zemrës sonë. Ajo ishte e gjatë, me një pamje të përvuajtur si prej nëne, edhe pse ishte vetëm katërmbëdhjetë vjeçe. Vura re se ajo ishte më e talentuara në të gjithë trupën tonë "të talentuar". Kishte një brengë shikimi i saj, fshehur në një lëngështi ngrohëse. Unë luaja në dy skena me të. Njëra ishte e shkurtër: "I thirrur në drejtorinë e shkollës urgjentisht, para derës së drejtorit, takoj atë dhe e pyes se pse më kanë thirrur. Ajo më thotë se e kanë korrigjuar regjistrin e klasës sime dhe drejtori mendon se e kam bërë unë atë gjë. 'Ki kujdes, se është i xhindosur', më këshillon.". Ky ishte edhe subjekti i dramës. Drejtori ma lë fajin mua -sipas dramës- por, në fund, Sekretari zbulon në epilogun e dramës se ishte dikush tjetër që e kishte bërë atë gjë. Mua ma vunë fajin kot dhe për këtë më kërkojnë falje në mënyrë shumë parimore në aktin e fundit (gjyqin e fundit) të dramës. Me zemër të thyer ua fal gabimin(!) Pastruesja (ajo vajza) ma merrte kokën në gji dhe më thoshte: "Shpirti i nënës, sa kot të kemi lënduar!", thua se ajo kishte ndonjë peshë në gjithë atë histori. Ajo mbështetje koke ishte më tepër se përvëluese. Doja të rrija gjatë në atë kraharor të brishtë dhe të njomë. Ajo, krejt pafajësisht, ma shtrëngonte ballin, m'i ledhatonte flokët dhe... unë dilja i pafajshëm. Interesant, ajo dramë do të ishte si një ogur i jetës sime. Provat po shkonin normalisht dhe ne, për pak ditë, do të dilnim para spektatorëve.

Gjatë atyre ditëve vdiq gjyshja Galë.

Shkuam të gjithë në fshat. Dhoma ku e kishin vënë, ishte e nxirë nga tymi dhe e pandriçuar. Gjyshja ime e imtë dhe e bardhë rrinte shtrirë në një minder në mes të dhomës dhe nuk e çelte birën e gojës me asnjërin, thua se ishte zemëruar me të gjithë. Një kope plakash të katundit i rrinin përreth duke pëshpëritur ndonjë fjalë e herë pas here tërhiqnin qurrat, sikur qanin. Në dhomën tjetër rrinin burrat e paepshëm, fytyrat e të cilëve nuk dukeshin prej shtëllungave të tymit të duhanit. Thithnin prej cigareve të mbështjella shtrembër dhe kamishëve të nxirë prej nikotine, jo rrallë duke lëshuar ndonjë ofshamë, sikur donin të tregonin se "kjo është jeta, duhet edhe të vdesim". Flisnin rrallë e kur ndodhte bënin muhabete qëndrese e burrnie, për vdekje të shkuara, që i mbanin mend "sikur të kishin ndodhur sot". Ata që hynin për herë të parë i pyesnin të gjithë me radhë: "A u mërzitët burra?". "Nga pak po. Besa edhe fort", ktheheshin përgjigjet. Pas këtij riti edhe njëherë vuuu historitë e vjetra për vdekje të reja e të dhimbshme, nga të cilat ishin shquar burrat që e mbajnë veten, prej atyre që nuk e mbajnë.

"Nandë djem si nandë yje i kanë vdekë filanit brenda tre vjetësh e ia kanë lanë nandë nuse të reja si nandë qyqe në rrem, e një nanë e kan lanë si kërcu të zi zhytë në hi. Veç një vajzë i kish pas mbetë, nandë male larg kish qënë martue motër zeza e nandë vllazënve të vdekun, e burri asht ngushllue: i gjalli me të gjallët, i vdekuni me të vdekunit.".

Unë rrija e i shikoja si i mpirë burrat, që nuk dukeshin si prej mishi e gjaku. Më dukeshin si qenie të ngurta.

Sikur u kishte shtjerrë lëngu i jetës dhe përtypnin histori vdekjesh të rrëqethshme për të ngushëlluar veten. Pse duhet të rrijë i vdekuri me të vdekurit, pse nuk duhet të rrijë me të gjallët? Pse është ndarë kështu kjo punë? Më dukej sikur njerëzit e gënjenin veten. Nuk është krejt e vërtetë që të vdekurit rrinë veç me të vdekurit. Shpesh e më shpesh ata janë në mes të të gjallëve. A nuk flasim ne për ta çdo ditë? A nuk e gjejmë shëmbëlltyrën e tyre, e mirë apo e keqe qoftë, në mesin e të gjallëve? A nuk themi ne për ndonjërin "ai është i vdekur more!", edhe pse gjithë ditën e lume frymon rrugëve apo zyrave?

Në fund të fundit, edhe historia e nëntë vëllezërve të vdekur dhe motrës së martuar larg është një ekuilibër mes vdekjes dhe jetës. Vdekja është afër, jeta është larg. Duhet të vdesë vdekja që të jetojë jeta. Nënës së mbetur kërcu i kthehet vajza dhe ajo nuk vdes, por pëlcet "si qelq me verë". Ajo ka vdekur dhe nuk mund të vdesë edhe një herë. Të vdekurit e gjallë nuk vdesin më, ata pëlcasin.

Burrat flasin dhe murmurima e zërit të tyre përzihet me tymin që noton në dhomë. Duket si mot i keq. Gjyshja ime nuk i përfill më këto gjëra. Rri shtrirë dhe as mua nuk më tregon më përralla. Në fund të fundit, ajo s'ka faj. S'ka se përse të më tregojë më përralla, përderisa unë nuk kam morra. Ajo s'ka më motiv, i mungon arsyeja për ta bërë atë punë. Aq më tepër që tashmë jam rritur. Unë ndjej diçka në fund të shpirtit kur shoh atë vajzën që luan rolin e pastrueses. Gjyshja ime e di këtë. Nuk tregohen dy përralla përnjëherë. Unë kam filluar të krijoj përrallën time dhe jam i bindur se nesër ajo do të ketë edhe personazhe të tjerë, të shumtë dhe të ndryshëm. Siç i kanë të gjitha përrallat. Por, nëse në përrallat e gjyshes në fund gjithmonë fitonte i miri, për përrallën time nuk jam hiç i sigurt. Kjo është një përrallë në krijim e sipër, fundi i së cilës nuk mundet kurrë të jetë i parashikueshëm. I përfshirë në magjinë e krijimit të një përralle, gjyshja e ka vënë re se nuk ka se pse të më ndërhyjë, ajo nuk dëshiron që të më prishet përralla. Prandaj edhe hesht! Prandaj edhe ka vendosur të më lërë vetëm e të ikë për të mos u kthyer më. Edhe pse... ku i dihet?!

Pasdite e veshën gjyshen me disa rroba të reja, që i kishte ruajtur vetë në fund të arkës së vjetër. Në atë arkë kishte pasur edhe një kilogram sheqer, pak kafe, dy sapunë "Venus", bar kundër tejës, një fotografi të të shoqit, që ia vranë me arsyetimin se "s'kish pse të jetonte më në një rend shoqëror që nuk i pëlqente", dy-tri mafeza garzë, shishen e vogël të flibolit për morrat e mi, një peshqir që ia kishte dërguar e motra prej Amerike, si dhe një gjoksore zbukuruese prej sermi me zinxhirë, greshatarë me gurë të çmuar, si dhe një monedhë ari shumë të vjetër. Kaq ishte gjyshja ime. Vonë prej mbrëmje e varrosën. Kurrkush nuk qau në varreza, vetëm unë dhe nëna ime. Ajo për nënën e vet dhe unë për nënën e saj. Kur po bëheshim gati për të fjetur, në dhomën në të cilën na kishin shtruar, hynë dy burra, të cilët nuk i njihja edhe aq mirë, edhe pse i kisha parë dy-tri herë. Njëri prej burrave, për të cilin nëna më tregoi më vonë se ishte dervish, tha se e ndjera kishte lënë amanet që gjoksoren e sermtë dhe monedhën e florinjtë të m'i jepnin mua dhe m'i dorëzuan në një strajcë të qëndisur, që mbante erë sapuni "Venus".

Ato lloj hekurishtesh, edhe pse më bënin përshtypje se ishin të bukura, nuk më dukeshin me ndonjë farë vlere. Unë kisha humbur diçka shumë më të madhe. Akoma nuk isha në gjendje ta kuptoja mirë, por thellë në shpirt ndjeja se po shkëputesha, po ndahesha pa dëshirën time nga një botë, nga një moshë e cila nuk do të më kthehej më. S'ka më përralla, nuk ka më gjyshe, nuk ka më as fshat. Pse duhet të vij përsëri në këtë fshat, kur gjyshja nuk është më? Të shoh këta burra të tymtë? As nuk më duhen. Kisha filluar t'i urreja pa e ditur mirë pse. Si nuk e folën një fjalë për gjyshen time? Pse llomotisnin kot për vdekje të vjetra? Kot, pleq kot, të parruar, edhe nga vdekja të harruar!

Pas tri ditësh u kthyem në qytet, shkova në shkollë dhe fillova provat. Vajza që luante rolin e pastrueses dhe që quhej Fjona, më tregoi se si kishin dashur të më zëvendësonin nga frika se nuk do të kthehesha më. U habita nga ky soj dyshimi. Pse nuk do të kthehesha më? Unë kisha vdekur, apo gjyshja ime? Po edhe sikur të kisha vdekur unë, si mund të zëvendësohet një njeri i vdekur? "Meqenëse ka vdekur ai, eja ti në vend të tij". Në cilin vend? Çfarë arsyetimi është ky? Si mund të zëvendësohet i vdekuri? Ai mund të zëvendësohet prej një të vdekuri tjetër, por jo nga një i gjallë. Njerëzit nuk janë sende. Tulla, për shembull prishet, shkatërrohet dhe e zëvendësojnë me një tjetër. Vdekja e një njeriu shkakton një gropë të përjetshme. Vendin që ai ose ajo lë bosh, mund ta zërë vetëm ai ose ajo, nëse ringjallet. Më vonë, kur i jam kthyer këtij arsyetimi, më ka ardhur në ndihmë edhe vetë Jezu Krishti. Kush mund të ishte në vend të tij? Cila qenie tjetër njerëzore do të pranonte sakrificat e tij, që të bëhej si ai? Në fund të fundit, cili mund të lindte nga një nënë virgjëreshë, të jetonte, të sakrifikohej e të ringjallej si ai, veç tij? Sikur kjo të kishte ndodhur, ai nuk do të ishte më zot i kaq shumë njerëzve në këtë botë, me pak zota e me shumë skllevër. Për t'u kthyer edhe njëherë aty ku e lashë rrëfimin, po them që nënën time e gjeja shpesh duke qarë. Kjo nuk ishte ndonjë gjë e re dhe në atë periudhë e kam justifikuar plotësisht. Qante për nënën e vdekur. Shpesh kam qarë edhe unë me të, po aq shpesh sa edhe e ngushëlloja: "Atë gjë të çmueshme që na ka lënë gjyshja, do të ta fal ty", i thosha. "Jo more bir, edhe sikur të ma kishte lënë mua, ty do të ta jepja. Të duhet kur të rritesh edhe pak. Do ta shesim dhe do të kemi aq para sa ti të vazhdosh shkollën.".

Më pëlqenin këto fjalë. Ëndërroja shkollën, larg diku në një qytet të madh, koka e të gjitha qyteteve.

Një qytet i mbushur me vajza e djem të hijshëm, që mësonin, bënin dashuri, jepnin provime, ngelnin dhe kalonin përsëri. Përfytyroja profesorët me sy të qorruar prej leximeve të shumta, me syze optike të trasha, me mjekrat e thinjura, me kalemat e trashë kuq e blu, me të cilët shënonin "+" ose "–" për fatin dhe ardhmërinë tonë. Më pëlqente ajo jetë. Gjyshja më ime kishte lënë aq sende të vyeshme, sa unë të kisha mundësi ta jetoja atë. Kjo gjyshe më ndihmonte, edhe pse e vdekur. Por i shoqi, ai i fotografisë së gjetur në arkën e saj, të cilin e vranë se "nuk kish se pse të jetonte më në një sistem shoqëror që nuk i pëlqente", më pengonte, edhe pse i vdekur prej dhjetëra vitesh.

Mbrëmjeve e hapja gjoksoren që ma kishte dorëzuar ai burri, që nëna ime e quajti dervish, fikja dritën në dhomën time dhe ndiqja reflekset e gurëve nën rrezet e befta të dritave që vinin nga rruga dhe qielli. Ato vezullime projektoheshin në trurin tim dhe krijonin një mijë e një figura ëndërrore. Përziheshin, jepnin shkëndija, përplaseshin, ktheheshin mbrapsht e vijonin prapë rrugën për në pafundësi, duke ndriçuar silueta që kurrë nuk i kisha parë. Zbulonin në trurin tim fshehtësi dhe qoshe të errëta, plot pasione të rrezikshme dhe tërheqëse, fasha drite, qetësie, të buta dhe njerëzore, ku përzihej e kaltra me jeshilen, duke marrë ngjyrën e ujërave të lumit të qytetit tim, që më ngjisnin energji të papërballueshme, magjike, herë-herë edhe dhune, komplekse agresive me pasoja të pariparueshme e herë-herë pasione e virtyte të paprovuara dhe fisnike, shkëlqime verbuese talenti dhe mundësi burgosje brenda muresh të lashta, të lagshta, tërë jargë kërmijsh dhe gjurmë të egra gjaku, rrëshqitje humnerore me shpejtësi marramendëse, ku peizazhet ndërrohen si nëpër videoklipet moderne, pamje të vjetra sa bota dhe krijesa të reja fringo, të sapodala nga laboratorë të fjalës së fundit, dashuri të kadifenjta në rozë dhe krime të murrme, përbindshëm kryer me ndërgjegje të qetë, luftëra gjakatare të ndodhura herët dhe beteja të qeta, që do të ndodhin në të ardhmen, shanse të shkëlqyera dhe fate të paarritshme, kryqëzime rrugësh dhe semaforë kryeneçë, që nuk lëshojnë pe për asnjë sekondë, ndërtesa të qelqta, të stërmëdha dhe rrahina të mbushura me skelete fëmijësh të vdekur urie, diktatorë të lashtë e të ndryshkur bustesh, që pijnë në gota kristali gjak foshnjash të sapolindura. Pyje të blerta me burime të akullta dhe kope njerëzish të etur në shkretëtira, të penguar, të ardhur nga larg në kërkim të dheut të premtuar, petale lulesh plot ngjyrë që shkelen nga putra të rënda prehistorikësh, kopshte katrore dhe të gjithfarë forme, të lulëzuara, që përfshihen nga gjuhë dashamirëse flakësh të kuqe, këngë me tinguj hyjnorë, që shoqërojnë marshe makabre paradash dhe marshime të palodhura, çnjerëzore, drejt fitoreve të paarritshme të së ardhmes, supe të njoma, të harkuara dhunshëm nën peshën e mortajave dhe parullave kërcënuese, vajza lakuriq dhe lakuriqë nate nëpër shpella të sapondriçuara, ëndrra të mbledhura kutullaç nën gurë dhe gjarpërinj që ecin me rreshtore drejt ardhmërisë, tru të pjerdhura njerëzish, libra për plehrat dhe format e ndërzimit të dhive, shumimi i qenieve të ulëta, buburreci i patates dhe dëmi i tij në ekonominë popullore socialiste me miliona kopje, veshjet popullore të popullit vëlla kinez, përmes një rrezeje gurkali krijohet projeksioni i qiellit, diellit dhe trupave qiellor, rrathë që hapen dhe mbyllen në hapësira abstrakte, Ajnshtajni duke bërë shurrën në një hartë të botës, dy lopë indiane i pallin Mbretërisë së Bashkuar, një tren i ngarkuar me SIDA transporton njëkohësisht një tufë prezervativësh për kryetarët e shteteve të vendeve të pazhvilluara, ka brenda edhe pak krim, pak art, pak jetë, pak lavdi, pak liri, pak shpresë, pak asgjë, pak anglishto - rusishto - toskërishto - spanjishto - frangjishto - gjermanishto - japonishto -gegërishto - shqiptarishto - italishto – esperantishto - indianishto languages, pederasti, lezbizëm, nekrofili dhe në fund projektohet një ëndërr e gjatë për Omerin e vjetër dhe të ri, që endet nëpër botën e trazuar pa pikë dëshire për t'u kthyer në vendin e tij, megjithëse e presin. E pret e ëma, e pret varri, e pret e ardhmja e vdekur dhe e shkuara e lidhur me vdekje që do të ndodhin, me krime të shpallura dhe me hakmarrje të përjetshme si shkëmbinjtë e vendlindjes, Omeri që sfidoi gjithçka dhe që duhet të kthehet, po, po, ai duhet të kthehet; njeriu ka një përgjegjësi morale, edhe pse ka moral të papërgjegjshëm. Dallohet nga fundi në ato vezullime të magjishme edhe një hapësirë boshe, e mbushur me mundësi jete dhe lirie, që, edhe pse të largëta e të vagullta, si të pa arritshme për brezin dhe llojin tonë, nuk janë të pamundshme për një njeri të një lloji tjetër, të një njeriu që shpirtin dhe vdekjen të paktën i ka të vetat, po ashtu edhe ëndrrat, fundja veten e vet e ka për vete. Ku është ky njeri, kur do të lindë? Do të jetë ai njeri apo mbinjeri? - pyes veten, pasi kam shëtitur kaq gjatë në vegimet e rrezeve të gjoksores. A ekzistojnë dhe a mund të ekzistojnë njerëz që e njohin, e duan dhe e mbrojnë më shumë se jetën, lirinë e tyre në këtë botë? Më shfaqet pastaj prej këtyre vegimeve hyjnore e ardhmja ime e mbushur plot me privime, e boshtë dhe me mungesa të mëdha, një e ardhme krejt e pasigurt, e mbështetur në aspirata të thërrmueshme, shoh të projektuara mure të çmendura kufizuese, tela me gjemba të një lloji krejt të veçantë, absolutisht të pakapërcyeshëm, shoh pastaj një shteg që premton, veten time të mësuar me rreziqet dhe shpresat e mia që triumfojnë mbi zhgënjimet, litarë të trashë që më lidhin me të shkuarën dhe fijeza të holla gati të padukshme, që më tërheqin nga e ardhmja - më sugjerohet prej gjoksores se ky raport duhet ndryshuar, duhet përmbysur, të këputen litarët dhe të shtrëngohen fijezat! Kjo është puna: të vazhdosh të ecësh! Po të shtrihesh, mbi ty do të kalojë çdo farë reptili e çapaçuli, do të jargosë çfarëdo i marri e do të pshurrë gjithfarë pijaneci; po të dorëzohesh vetëm njëherë të vetme, e ke humbur betejën, ke rënë në gjunjë para armiqve të tu, ke plotësuar dëshirën e tyre. Ata nuk e kuptojnë që lufta jote është krejt e ndryshme me të tyren, ata, po të gjunjëzuan, do të të hanë të gjallë, ndërsa po të fitosh ti, edhe ata do të fitojnë. Ti s'dëshiron të gjunjëzosh kundërshtarët e tu, ti do që ata të jenë po aq mirë sa edhe ti; për ty urrejtja është armiku dhe jo ai që e mbart, ajo duhet mundur dhe po të arrish ta mundësh ke mbërritur atë që raca jote nuk e ka mbërritur deri më sot; ajo do të jetë një shenjë se qenia njerëzore ka filluar me të vërtetë të shndërrohet në racë superiore. Ti mund të pyesësh: Çfarë vlen e gjithë kjo? Pse duhet harxhuar gjithë kjo fuqi? Ke të drejtë. Populli yt rrotullohet rreth një huni fatal. Ashtu, i varfër siç është, ka mbjellë në shpirt njerëzinë si pasurinë e tij më të madhe; kjo njerëzi pjell paqen, e cila sjell pasurimin, pasuria sjell krenarinë dhe krenaria zemërimin. Kur zemërohet populli yt, kap armët dhe ia kris luftës, luftë e jo diçka, vrit e prit, e shkatërro gjithçka; varfëria i bie mbi kokë e ia ftoh atë, ia hollon gjakun; kur vdesin pa pra prej urie, fillojnë dhe e ndajnë kafshatën e bukës me njëri-tjetrin; kjo lloj njerëzie sjell përsëri paqen e kështu pa fund, deri atë ditë sa ti ose dikush tjetër të mbërrijë ta këpusë këtë lak të larë me gjak.

T'i kthehemi edhe njëherë pyetjes: çfarë vlen e gjithë kjo? Dëgjo këto përgjigje:

Nuk do të të vdesë emri kurrë!

Fama jote do të ndriçojë botën!

Brezat e ardhshëm do të përpiqen të të ngjajnë!

Do të të ngrihen monumente me gjithfarë lloj metali, të përjetshme!

Do të shkruhen libra, biografi për jetën dhe veprat e tua edhe sa të jesh gjallë!

Do të të duan e respektojnë qindra miliona qenie njerëzore, rreth e rrotull botës!

"Do të jesh njeri, biri im, dhe kjo është më e rëndësishmja", ka thënë poeti!

Pse këta të tjerët çfarë janë? - pyes.

"Përpiqen edhe ata si ti, biri im.". Vërej se zëri, që herë-herë dialogon me mua, i ngjan pak atij të gjyshes, ka freskinë e zërit të Fjonës dhe vendosmërinë e zërit të burrit, për të cilin nëna më tha se ishte dervish.

Rri e mendoj gjatë për këtë punë, ia vlen apo nuk ia vlen të përpiqet njeriu për t'u përsosur e, duke përsosur vetveten, të përsosë edhe të tjerët. Por, që të të dëgjojnë të tjerët, duhet të arrish njëfarë suksesi e për këtë duhen sakrifica personale në kurriz të lumturisë së thjeshtë. Por sa i suksesshëm duhet të jetë një njeri, që të dëgjohet prej të tjerëve? Sa vite jetë duhen për ta arritur këtë sukses? Një jetë? Po atëherë nuk ia vlen, derisa njeriu ka vetëm një jetë. Ajo duhet jetuar në të gjitha ngjyrat e saj. Në fund të fundit, askush nuk mund të të garantojë se ia arrin apo jo qëllimit për të qenë i suksesshëm. Mund të punosh një jetë të tërë dhe në muzg të saj të kuptosh që ia ke futur kot, je lodhur bigari hak, pa bërë asgjë.

Por edhe nëse e arrin suksesin në prag të vdekjes, nuk të del koha t'i gëzohesh, ta përjetosh, kështu që është më mirë t'i përkushtohesh një jete të thjeshtë, pa shumë kërkesa dhe, në fund të fundit, të ndjehesh i lumtur. Madje të jetosh shumë më gjatë, se më gjatë jeton njeriu kur nuk e vret mendjen për asgjë ose e vret, por për aq sa mbajnë natyrshëm këllqet e tij. Në fund, në një letër të keqe, bëj disa grafikë, me shpresë se ashtu e kuptoj më lehtë këtë punë.

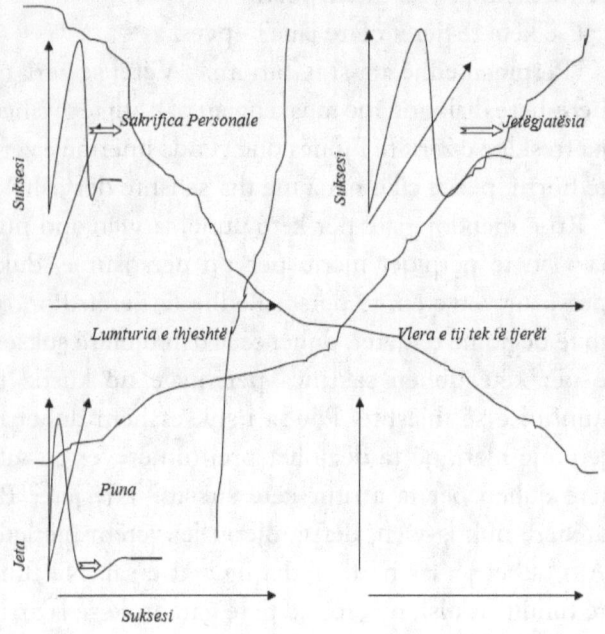

Kur as nga grafikët nuk marr vesh gjë, iu fus një shkarravinë dhe i hedh në kosh.

## DOSJA "MIOPI" 00373/a

S.S-ja mendoi dy gjëra: të shkonte tek Arlinda C. ose të thërriste në hetim poetin B.M. Një mendim tinëzar se po e nënvleftësonte punën e shtetit duke iu kushtuar shpresës së mjegulluar se mund të fuste në dorë Arlinda C-në, nuk e pengoi të arsyetonte: "Është punë muti me këta intelektualët, se ta dredhin muhabetin andej nga s'ta merr mendja e sonte unë nuk ndjehem aq mirë nga nervat sa për të përballuar një seancë të plotë hetimi.". Ishte nisur në drejtim të hotel "Turizmit", kur ndeshi B.M-në.

"A shihemi pak nga ora gjashtë në zyrën time, atje lart?", më shumë e urdhëroi sesa e pyeti. B.M. deshi të thoshte diçka, por ai i ktheu krahët. Piu dy dopjo konjak "Skënderbeu" njëra pas tjetrës në banak, pa u ulur fare, dhe doli. Pas një çerek ore duhej të ishte në zyrë.

(Skena: një zyrë e lyer me bojë sarilleku. Një tavolinë e madhe druri e lyer me të zezë dhe një karrige me tapiceri "damasku". Përballë tavolinës, rrëzë murit, një stol dërrase me mbështetëse, i ngjashëm me ata të lulishteve. Pas tavolinës, një dollap me libra të kuq kapakë trashë të qoftëlargut, si dhe disa libra profesionalë. Në krah të majtë, një magnetofon tip "UHER" me shirit, i vendosur në një tavolinë këmbëshkurtër, ngjitur me një kasafortë të rëndë metalike ngjyrë gri, me katër sirtarë të kyçur. Dera e zyrës ka nga jashtë një kornizë me hekura, si dyert e magazinave të helmeve nëpër kooperativat bujqësore, ndërsa dera e brendshme është prej druri; në njërën faqe e veshur me pambuk, mbështjellë me një shtresë të llastiktë, ngjyrë bojëkafe.)

S.S-ja është ulur dhe lexon fragmente nga dosja "Miopi" 00373/a, herë-herë ia bën: "Ëhë, po, po, ashtuuu, hëh". Bie zilja e telefonit. Pas pak në zyrë vjen poeti B.M.

*S.S:* Mirëmbrëma, hajde ulu. Ç'kemi ndonjë gjë? (BM. ulet në stolin në fund të
zyrës. Duket i verdhë, si muri.)

*B.M:* Hiç... ç'të them, punë, muhabete kot, kafe...

*S.S:* Ne mund të bisedonim edhe në kafe, atje ku ishim, por, të them të drejtën, nuk më pëlqen zhurma. Nejse, ke shkruar ndonjë gjë të re?

*B.M:* Pak kam shkruar, në fakt, se pres librin të më dalë tani shpejt, e kam në botim.

*S.S:* Vërtet? Po m'u bëka qejfi. Çfarë tematike ka? Se keni punë dreqi ju shkrimtarët, një metaforë, e cila sipas jush është afirmuese e arritjeve tona, mund të shndërrohet papritur nga ndonjë kritik zemërlig në një gabim politik.

*B.M:* Unë i kam të pastër librat nga ana ideologjike. Nuk shkruaj me dy kuptime.

*S.S:* E kam të qartë, e kam të qartë, nuk po flisja për ty, por në përgjithësi.

Në qytetin tonë, njerëzit nuk para bëjnë vepra të dyshimta, as Poeti më i Madh, as Piktori Bojëhiri, as ai tekstaxhiu, që i bie asaj veglës muzikore me origjinë bimore. Regjisori, çeku i këput ca broçkulla, por jo aq të rrezikshme, ndërsa për atë të riun, që po shkruan "Shënime për nuk e di ç'dreq vepre letrare", nuk e di akoma mirë. Siç e shikon, jam goxha i lidhur me intelektualët.

Shiko, ju më nënvlerësoni mua, se më shikoni të lidhur kaq shumë me punët, por edhe unë e dua artin. Kur kam qenë në të mesmen, kam shkruar vjersha dhe lexoj sa herë më gjendet ndonjë libër i bukur. P.sh, librat e tu i kam lexuar.

*B.M:* Nuk të ka nënvlerësuar njeri, shoku S.S. Por, të them të drejtën, mua nuk më pëlqen të më fusin në një thes me ata që përmende. Sepse nuk i di të gjitha, shoku S.S. Ai Poeti më i Madh ka filluar ta teprojë pak me ato aluzionet. Po nejse, këto probleme, unë i kam ngritur në degën e Lidhjes së Shkrimtarëve, por atë e mbrojnë një kope poetësh të rinj, që ai i ka pranuar jashtë rregullave në organizatën tonë. Edhe Piktori Bojëhiri nuk është më burrë i mirë, po nejse.

*S.S:* Ke të drejtë, këto nuk janë punët e mia, më dalin e teprojnë ato që më kanë besuar. Megjithatë, kot, sa për kureshtje intelektuale më tepër, çfarë thonë ata?

*B.M:* Fjalë kot, duan të hiqen si interesantë. P.sh., piktori thotë se ne nuk bëkemi art të vërtetë, por ilustrojmë direktivat dhe parullat e ditës. Ai për vete kot flet, se asgjë s'bën nga këto, veç legjenda e përralla pikturon, dhe peizazhe.

*S.S:* Qenka interesant, po mua tani s'më kujtohet mirë si fytyrë, mos është ai që shoqërohej me Farmacistin Miop?

*B.M:* Pikërisht ai. Humbnin bashkë nëpër pyje me ditë të tëra, aq sa njerëzit mendonin se e kanë kaluar kufirin. Bile ka zëra që thonë se ai edhe mund ta ketë vrarë. Por unë jam i bindur që këto janë fjalë kot. Farmacisti i përgatiste atij ngjyrat më të mira në botë prej rrënjëve të bimëve, ngjyra si ato të Onufrit dhe piktorëve të tjerë të Renesancës. Janë spekulime kot, përderisa edhe vrasësi nuk është gjetur akoma... është e natyrshme.

*S.S:* Për sa i përket vrasësit të Farmacistit, ne i kemi tashmë të dhënat e plota.

*B.M:* Kush e ka vrarë?

*S.S:* Kjo është një pyetje që do të marrë përgjigje në kohën dhe vendin e vet.

*B.M:* Oh, më fal shoku S.S., e teprova, por vërtet jam, si çdo qytetar, i interesuar të gjendet vrasësi.

*S.S:* S'ka gjë, s'ka gjë, por, meqë ra fjala, ti e ke njohur mirë Farmacistin Miop?

*B.M:* Mirë?! Si të them. Ai ishte martuar me ish-shoqen time të klasës dhe kur shkëmbeheshim i jepnim dorën ndonjëherë njeri-tjetrit. Kam qenë edhe në shtëpi të tyre nja dy-tri herë. Pastaj vërejta se Farmacisti Miop nuk ndjehej mirë në prezencën time dhe unë i rrallova së tepërmi vizitat. Por edhe shkoja, kur na ftonin të gjithëve.

*S.S:* Kë të gjithëve?

*B.M:* Të gjithë neve pra, artistët e qytetit, mua, Poetin më të Madh, Piktorin Bojëhiri, Autorin e Teksteve, Mësuesin e Anglishtes, Regjisorin e ndonjë tjetër më të parëndësishëm prej poetëve të rinj. Vetë Farmacisti ishte i pasionuar pas arteve, e shoqja ka mbaruar inxhinieri ndërtimi, pastaj është specializuar në restaurim të veprave të vjetra arkitekturore. Harrova edhe skulptorin, atë që u bën portrete heronjve të heshtur.

*S.S:* Nuk e paskam ditur këtë qoshkëz intelektuale të qytetit apo më mirë sallon.

*B.M:* Kanë qenë mbrëmje interesante, gati intime, bënim gjithfarë bisedash rreth artit, por më vonë filluan të prisheshin se Regjisori, vërtet, ashtu siç thatë ju, ia këpuste broçkulla, që herë-herë kishin nëntekst politik ose kishte raste kur mënjanohej sikur t'ia kishim vrarë babën, duke e prishur atmosferën.

*S.S:* Pas vdekjes së Farmacistit Miop nuk keni shkuar më në shtëpinë e tij?

*B.M:* Jo, asnjëherë.

*S.S:* Po që ka njerëz që thonë se ti shkon herë pas here!

*B.M:* Unë s'mund t'i ndal gojët e njerëzve, të thonë çfarë të duan. Unë s'kam qenë.

*S.S:* Vërtet, por nëse ata të akuzojnë ty shumë rëndë, ti duhet t'i ndalësh ose t'i kundërshtosh me prova.

*B.M:* Nuk e di se për çfarë po flet, shoku S.S.

*S.S:* Shiko, unë të konsideroj mik, prandaj edhe të

thirra sonte. Ka zëra që thonë se Farmacistin Miop e ka vrarë poeti B.M.

*B.M:* Çfarë?! Çfarë po flisni?! (B.M. është ngritur nga vendi me fytyrë të bardhë).

*S.S:* Ulu, ulu! Unë thashë ka zëra, nuk thashë ka prova.

*B.M:* Ky është një provokim, është një provokim i rëndë, unë do t'i kallëzoj Partisë, po, po, Partisë, në mbledhjen e parë... paska zëra se B.M. ka vrarë një njeri!? O zot i madh, o zot që je në qiell...!

*S.S:* Ulu dhe mos bëj propagandë fetare në zyrë të shtetit, kur e di që është e ndaluar...!

*B.M:* Ti po bën shaka! Thuaj që po bën shaka. Ti e kupton që një poet s'mund të vrasë njerëz. Aq më pak një njeri si Farmacistin.

*S.S:* Qetësohu tani dhe të flasim për diçka tjetër. Sa për atë që do t'i thuash Partisë mirë bën që ia thua, por edhe sikur të mos ia thuash ti, do t'ia them unë. Ti nuk ke nevojë të acarohesh, merre me ngadalë, një proces hetimor zgjat derisa të arrihet e vërteta. Teza dhe kundërteza ngrihen e rrëzohen çast pas çasti.

*B.M:* Pra, ajo që the, ishte një provokim i pastër.

*S.S:* Të mos flasim më për këtë, sonte mbaruam. Njëherë tjetër bisedojmë. Natën!

Në rrugë kishte rënë errësira. B.M. nuk dinte nga t'ia mbante. Pasi u end pak, u kthye edhe njëherë në klub. I ulur në një qoshe, filloi të pinte vetëm. "Ky është një provokim i ulët. Ai nuk mund të sillet kështu me mua. Çfarë kam bërë unë? Në jetën time nuk e kam thënë një fjalë të keqe për shtetin. Jo vetëm që nuk e kam thënë, por, përkundrazi, e kam lavdëruar. E shoh unë, i duhet shkruar letër Atij, të Madhit. Nuk durohet një kastravec, që kushedi çfarë i duket vetja, të provokojë në atë mënyrë një njeri si unë, një njeri që është i treti person më i shquar në qytet, pas Sekretarit të Parë dhe Poetit më të Madh. Bash tani, kur mund t'i bëja hije edhe këtij të fundit! Praktikisht jam i dyti në qytet. Po ja ku më prishen planet prej këtij karucit! O zot! Edhe një dopjo, të lutem! Ku jeni ju metaforat e mia brilante, ku je ti o muzë e frymëzimeve të mia patetike, ti ëndërr e bukur për t'u bërë i pavdekshëm?!".

Ai po pinte jo se i pihej, por se vetëm i pirë mund ta kuptonte më mirë këtë absurd. "Kur është i pirë njeriu, pamjet e botës i përmbysen dhe vetëm atëherë ai është në gjendje të kuptojë vërtetësinë e zbulimit të Galileut se bota rrotullohet, madje edhe Ajnshtajnin e kupton shkëlqyeshëm, të thuash: poshtë, është njëlloj si të thuash: lart, është relative kjo punë. I lumtë edhe Galileut edhe Ajnshtajnit, çorbë gabeli e kanë bërë këtë botë. Nuk e merr vesh i pari të parin, le më të dytin. B.M. do të përfundojë në burg pikërisht në atë kohë kur ëndërronte të ishte më i famshmi. Kjo është e paarsyeshme. Po se mos është e arsyeshme të rrish jashtë burgut. Këtu nuk ka vend për arsye. Bota po rrotullohet. Ja ku janë pishat me rrënjë lart dhe gota e mbushur plot, me grykën e kthyer nga tavolina. Tavolina me këmbë në mur. Pse makinat ecin në ije dhe njerëzit në vertikale? A mos ndoshta kjo mënyrë e të shikuarit të gjërave të ndihmon të kuptosh sensin e vërtetë të tyre? Pse nuk është gjallë Farmacisti Miop? Në fund të fundit, pse nuk ringjallet? Po ai edhe mund të jetë gjallë diku, duke kërkuar pyjeve për kërpudhat e tij helmuese. Na e helmoi jetën, që shpirti mos i gjettë rehat! Ai edhe mund të jetë arratisur, se si shumë i pëlqente bota e përtej kufirit. Jo rrallë edhe fliste për të. Edhe një dopjo! Gota qenka prej qelqi. Shiu prej uji. Pse nuk është shiu prej qelqi të shkrirë e të na balsamoste si relikte muzeale? Të krijohej kështu një muze i stërmadh kristalor me lëvizjet tona të ngrira. Të bllokuara. Kështu pastaj të na shihte e gjithë bota, sa mbrapsht kanë qenë gjërat në këtë vend, sa të mbrapshtë kemi qenë. Të paktën bota ta dinte se na kish braktisur në marrinë tonë e të ishte në gjendje të shihte se sa larg kemi shkuar në atë rrugë. Tek e fundit, të mësonte për bythën e vet. Le të sakrifikoheshim ne, se të sakrifikuar se të sakrifikuar jemi. I zi është ajri përjashta dhe jeta përbrenda. Ky është fundi. Ku është varka e Noes? Edhe një dopjo kamerier! Interesant, Noj e ka emrin edhe debili më i madh i qytetit tonë. Pse Zoti që është i madh dhe i vetëm, nuk e shkatërron tërësisht këtë qytet, ashtu siç bëri dikur me botën?! Asgjë të mos i ngarkojë Noes në varkë, asgjë ose nëse e ka vendosur le të ngarkojë vetëm kërpudhat e Farmacistit Miop, se ato e bënë zhele këtë qytet. Çfarë dreq kërpudhash paskan qenë ato? Dhe ja, ka ardhur dita të hipim në varkën e tij. Ndoshta duhej të kishim hipur më parë! Jo more vëlla, i duhet shkruar Atij të Madhit! Ai nuk e di çfarë ndodh këtu. Hë, erdhët të më merrni! Pse nuk thoni: "Në emër të popullit jeni i arrestuar!"? Nuk e keni pyetur popullin? Po pyeteni, pse nuk e pyesni? Zgjojeni nga gjumi dhe i thoni: "Shiko popull, a mund ta arrestojmë pak poetin B.M?". Unë jam i bindur që populli do të thotë "Jo". Veç ju mos shkoni të pyesni atë popullin që më ka inat. Si, nuk e dinit që qyteti ynë ka dy popuj? Shiko, mos më prekni me dorë! Është e ndaluar me kushtetutë. E keni lexuar kushtetutën?".

E morën dhe e dërguan në një dhomë, të cilën poeti B.M. e njohu shumë vonë, kur pija i kishte dalë plotësisht. Të nesërmen, i gjithë qyteti e përfoli dehjen e parë të poetit B.M, madje shumëkush filloi edhe ta respektonte. Ishte si rregull, ata që s'deheshin, nuk shiheshin me sy të mirë në qytet.

# MUZEU NËNTOKËSOR DHE PARAJSA
# E SHTRATIT

Kam kaluar një farë kohe në këtë qytet. Më duket se edhe kam bërë diçka, p.sh: kam mësuar gjuhën e vendasve, historinë e tyre gjithmonë të lavdishme, kam blerë rrobat për nënën, kam kapërcyer kufirin për herë të parë në jetën time, domethënë kam kërcitur në murin që më ndan me Haikon. Tani kam herë pas here kohë të lirë. Javën që kaloi mora vesh se në veri të qytetit ku banoj, ndodhet një qytet i vockël, që ka edhe një muze nëntokësor. Vendosa ta shoh.

Udhëtova me një tren të mërzitshëm, që përtonte të ecte e që ndalej stacion më stacion, jo më larg se tre-katër kilometra nga njëri-tjetri. Më dukej sikur po rrija pezull mbi dy shina të pikëlluara, që nuk takohen. Mendova se edhe unë s'kisha për të mbërritur askund, veç ashtu i pezulluar do të harrohesha bashkë me skeletin e metaltë të vagonit. Kjo shije e ndryshktë më shoqëroi gjatë gjithë rrugës. Jashtë dritares dukej fusha e gjelbër, që kalbej nën shi. Gjedhë të mëdhenj, të rëndë, duke kullotur me mospërfillje shiun dhe barin. Moskokëçarja e tyre më bëri përshtypje. Kishin një gjakftohtësi sfiduese. Ndoshta ishin të bindur se asgjë nuk i kërcënonte në atë lagështirë. Ata ishin të vjetër në atë fushë, të vjetër sa bari dhe shiu. Trenin që u kalonte përbri e shikonin me indiferencë, thua se kishin udhëtuar me miliona herë me të. Ndoshta edhe e dinin se treni atë punë kishte, të shkojë e të vijë nëpër ato shina të çelikta që nuk ndryshojnë.

Përballë vendit ku isha ulur, ishin rehatuar dy fëmijë të pistë me nënën e vet mbi njëqind kilogramëshe. Nuk u lodhën shumë t'i jepnin fund një qeseje të madhe me çokollata zvicerane "Toblerone" dhe, fill pasi e kryen atë punë, fshinë turinjtë në fustanin prej leshi të së ëmës. Një zotëri në krahun tjetër ishte balsamosur në një revistë pornografike, ku organi seksual femëror bënte paradë në një mijë forma, thua se s'kishte gjë më interesante në këtë botë. Fotografitë ishin me ngjyra dhe burri kapërdihej sa herë që ndërronte faqet e revistës.

Një sedilje para meje qenë ulur dy të rinj, që i patën rrasur gjuhën njëri-tjetrit deri në gropë të fytit dhe, ashtu të puthur, qëndruan deri në zbritje. Mbi tavolinë kishin lënë biletat me këtë shënim: "Në vëmendje të konduktorit.". Befas, treni hyri në një tunel dhe m'u duk sikur kishim shpërthyer murin që na ndan me të vdekurit. Vura duart në sy, si për t'iu shmangur ndonjë imazhi të pakëndshëm, derisa u mësova me dritat e dobëta të vagonit. Tuneli mbaroi shpejt dhe unë e pata më të vështirë të rimësohesha me dritën dhe trenin tonë dembel, që zhagitej drejt qytetit të vockël, që kishte edhe një muze historik nëntokësor.

Ato çaste më erdhi ndërmend vendlindja ime. Larg në jug, atje, në mes të dheut dhe maleve, por edhe afër detit të ngrohtë. Vendlindja ime, që e ka historinë mbi tokë. Nëpër duar. Si llavë të nxehtë. Luan me të, i jep format që dëshiron me shpejtësi të madhe dhe po kështu e shformon rishtas, duke i dhënë një formë tjetër edhe me të çuditshme se të parën. Argëtohet me këtë lojë gjaku, humbjesh, shkatërrimi, hyn e del në errësirë, vret e pret, ngrihet e rrëzohet, pështyn e lyp mëshirë, mjekon plagët e hap varre, baltë në shpirt e tug në ëndrra, e lëshojnë gjunjët, e mban zemra. Tash mijëra vjet me hije të turbullt rrëzuar në det, nuk vdes, nuk zhduket vendi im dhe s'ka se si, se i vdekur, i zhdukur, i mundur është edhe në jetë. Bën edhe sot e kësaj dite historinë e tij më shpatë në dorë, kur të tjerët e kanë mbaruar historinë e tyre dhe kanë filluar jetën. Madje, të tjerët e varrosin historinë e tyre në muzeume nëntokësore, si puna e këtij të cilin isha nisur për ta vizituar.

Më kishte intriguar që në fillim ideja e një muzeu nëntokësor. Fshehja nën dhe e historisë, qoftë ajo edhe e lavdishme, siç është historia e popullit të këtij vendi, tregon se njerëzia nuk dëshiron që ajo t'i pengojë të jetojnë të sotmen dhe të ardhmen. Ata janë dakord me të kaluarën, shumë mirë: e kanë varrosur me nder dhe respekt të madh në një muze nëntokësor. Zakonisht, gjërat e vdekura rrinë nën tokë. Bie fjala, nëse ju kujtohet, gjyshja e vetes sime.

Trenit po i dilte shpirti. Një vërshëllimë e gjatë, që nuk e mora vesh në ishte sirenë apo zhurma e frenave, më zgjoi nga mendimet.

Zbritëm në një stacion treni të shekullit të XVIII, nga i cili ruheshin akoma dy hyrjet e shinave të asaj kohe dhe një pjesë e kolonave të periudhës para viktoriane. Pjesa moderne e stacionit ishte një kubizëm i shpërlarë i këtij messhekulli.

Çava mes turmës dhe, duke mos ndalur në asnjë vend, mbërrita para muzeut. Bleva një biletë, që më kushtoi shumë më tepër sesa e kisha menduar. Gati pesëfish më shumë, gjë që nuk më la shije të mirë dhe nëpër xhepa ca kartëmonedha të imëta. Ia vlente të shihja historinë e varrosur - i dhashë vetes të drejtë. Në hollin kryesor pata përshtypjen se do të zhgënjehesha. Asgjë domethënëse nuk kishte. Pak stenda dhe dy-tre rrëfyes me papion. Ndërsa po mendoja ashtu, ndjeva një shkëputje poshtë tabanit të këmbëve dhe sigurisht që kuptova se po zbrisnim poshtë me një ashensor, i cili nuk ngjasonte me asnjë nga ata që kisha parë më herët në jetën time. Nga butësia dhe shpejtësia e rënies, ishte e pamundshme të kuptoje sa metra nën tokë kishim zbritur. Fillimisht dëgjova ca zëra gjysmë digjital, gjysmë shtazor, që m'i shpuan veshët dhe pastaj një zë të brishtë njerëzor që më udhëzonte t'i ndiqja labirintet që m'u shfaqën përpara. Vërejta se ndodhesha brenda një shpelle me stalaktite dhe stalagmite të stërvjetra, por që ruanin një vezullim magjik, tronditës. M'u shfaqën njerëz të lashtë me forma kafkash të larmishme, duke ngrënë rrënjë e fruta të egra. Të tjerë nëpër shkëmbinj, lakuriq siç i kishte bërë nëna (edhe këta njerëz i ka bërë nëna - mendova), gjuanin kaproj, lepuj, arinj dhe egërsira të tjera dhe i hanin pak më tutje ashtu të gjalla. Në një kthesë tjetër u vura përballë ca njerëzve të tjerë, që, të mbledhur rreth një zjarri, piqnin mish e gati hungërinin duke e ngrënë. Ishin zbuluesit e zjarrit.

Nën një botë të mplakur nga rreze të vobekta hëne, shtrihej një pllajëz e rrethuar me pyll, brenda së cilës ishin varret e tyre të thjeshta. Një varri i kishin bërë prerje tërthore, që jepte mundësinë ta shihje banorin e tij. Ai ishte aty, i padëmtuar, në krahë mbante armët e gjahut dhe rreth e rrotull kishte dy-tri kafshë të vrara, që, siç duket, të gjallët ia kishin dhënë si ushqim për rrugën e gjatë. Ai s'kishte pasur uri. Kafshët ishin aty, bashkë me të vdekurin, i cili s'kish denjuar të ushqehej më.

Në të majtë m'u shfaqën fshatrat e para dhe kafshët e zbutura. Bota kish filluar të përsosej. Buzë një deti, dallgët e të cilit dukej sikur do t'u binin mbi kokë vizitorëve, po ndërtoheshin anije. Veglat e punës ishin përsosur, ishte zbuluar hekuri, flakë zjarresh zienin bitum nëpër kazanë të stërmëdhenj për të lyer barkun e anijeve. Ishin shpikur komandantët dhe priftërinjtë, dhe natyrisht, kishin filluar luftërat e mëdha. Nëpër betejat e pamëshirshme derdhej gjaku i mijëra njerëzve. Ky gjak rridhte nëpër ca ulluqe llamarine, grumbullohej në një rezervuar të padukshëm dhe, nëpërmjet një sistemi të komplikuar pompash, dërgohej përsëri nëpër trupat e ushtarëve, që të derdhej sa herë të kishte vizitorë. Kështu lëvizte ai lëng i kuq, përjetësisht, nga trupi në tokë dhe nga toka në trup. E gjithë kjo skenë ishte fatalisht e madhe, e pakapshme me një shikim. Era e gjakut është natyrore, e rëndë, gati të përzihet. Ata që i zë gjaku këshillohen të mos kalojnë në këtë pavijon. Por, për mua, ai ishte një muze. Thjesht historia, domethënë e kaluara.

Vazhdoj më tej. Fshatrat rriten dhe fillojnë qytetet. Qytetet rrafshohen prej luftërave. Ndërtohen përsëri nga e para. Ushtarët që mbrojnë janë njëlloj njerëz, si ata që sulmojnë, veç, çuditërisht, të dyja palët më duken të lehtë nga pesha. Nuk e di pse e kam këtë ndjesi, ndoshta ngaqë e di që janë kukulla që vetëm imitojnë njerëzit. Gjaku i tyre derdhet njëlloj, në të njëjtin ulluk. Edhe armët i kanë pothuaj njëlloj, edhe zemërimin. Të njëjtë e kanë edhe qëllimin. Të fitojnë. Të fitojnë vdekjen e kundërshtarit. T'i gëzohen kësaj fitoreje, duke harruar se ky gëzim ngjall zemërimin e të humburve, zemërim që u jep zemër për të fituar në betejën tjetër, për t'iu gëzuar asaj fitoreje, e cila padyshim që ndez zemërimin e palës tjetër e… kështu pafund. Nëse ka një fund, ai do të ishte i pranueshëm vetëm nëse të dyja palët do të zhdukeshin ose të dyja palët do të fitonin. T'i gëzoheshin bashkërisht fitores. Por jo, fitorja matet me humbjet e kundërshtarit. Rezultati: në botë ka më pak njerëz, më shumë varre dhe mjerim, lavdi fituesish dhe për të humburit turp e faqe të zezë, monumente që ngrihen mbi gërmadha dhe urrejtje, urrejtje të fshehura, si thëngjilli poshtë hirit rri ndez. Perandoritë e vjetra, rënia e tyre, mesjeta, udhëtimet e famshme, skllevërit dhe kolonitë, kryqet mbi varre dhe kryqëzatat, mortaja, shifrat, faktet, ndryshimet mbi harta…! Muzeut po i afrohet fundi. Shëtis si i kalamendur edhe pavijonin e fundit dhe befas më vjen ndërmend përdorimi jo krejt i rastësishëm i fjalës "pavijon" nëpër muzeume dhe spitale. Duhet të ketë një lidhje, mendova, ndoshta nga që në të dyja rastet bëhet fjalë për patologji. Për gjendje jo normale të njeriut. Një njeri me këmbë të thyer dërgohet në pavijonin e kirurgjisë, siç një njeri me mendime të ndryshkëta mund ta ketë vendin në pavijonin e lashtësisë. Një i luajtur mendsh shtrohet në pavijonin e psikiatrisë, ndërsa një kriminel gjakftohtë mund të rrijë shumë mirë krah priftërinjve në pavijonin e mesjetës. Ata që vuajnë nga sëmundjet e brendshme shtrohen në po këtë pavijon spitali, ndërsa ata që punojnë në organet e punëve të brendshme dërgohen në pavijonet e muzeve, që freskohen çdo ditë me personazhe të tillë.

Pavijoni mbetet pavijon, në rastin e parë vend ekspozimi, në rastin e dytë vend mjekimi. Nevojat për ekspozim dhe për t'u mjekuar janë patologjike edhe pse bashkudhëtare të qenies njerëzore.

Kisha dalë nga muzeu kur fillova të mendoja nëse kishin popujt e tjerë, ata të pushtuarit, pavijone lavdie në muzeumet e tyre. Ky që kisha parë e kishte. Muzeum i një populli pushtues. Duhet ta kenë edhe ata. Populli im e ka, për shembull. Pse s'duhet ta kenë të tjerët? Po kush mbetet i lavdishëm: ai që fiton, apo ai që humb? Ai që pushton, apo ai që pushtohet? Ishte e ngatërruar kjo punë. Dikush gënjente në atë mes: ose historia, ose ata që e bëjnë historinë. Ndoshta ata që hanë bukë me historinë. Jo vetëm ata që e shkruajnë nëpër libra të trashë, por edhe ata që japin urdhër për ta bërë atë punë. Sa mirë do të ishte sikur askush të mos kishte të kaluar. Do të shpëtonin shumë fatmjerë prej damkave të turpit, shumë të tjerë do ta ulnin hundën nga mungesa e së kaluarës së lavdishme, nuk do ta kthente njeri kokën prapa për të parë atë që në një farë mënyre e pengon të ardhmen. Jo. Edhe kjo nuk bën. Duhet e kaluara. Nëse dikush ka çuar dashuri me gjarpërinjtë, nuk mund të bëhet edukator kopshti. E pse jo? Do të na i helmonte fëmijët! Po, vërtet do të na i helmonte fëmijët. Fëmijët janë e ardhmja. Ja ku u lidhën e ardhmja me të shkuarën. Prandaj duhet historia. Të paktën ta heqim sysh. Ta varrosim. T'i bëjmë një muze nëntokësor. Kush të ketë nevojë të ballafaqohet me të kaluarën, le të paguajë. Aq sa pagova unë për të parë të shkuarën e këtij populli të huaj. Të zbresë nën dhe. Prej atje le të sjellë kumtin e së shkuarës. Porosinë për të ardhmen.

Po ecja rrugëve të qytetit të vockël pa ndonjë plan të përcaktuar. Në një qoshëz pashë një burrë të vjetër, i cili m'u ankua se nuk kishte shtëpi, punë dhe fëmijë. Më tha se edhe qeveria nuk çante bythën për të. Cila qeveri? - pyeta unë duke u larguar. "Qeveria e sat'ëme!", bubulloi plaku, kur pa se nuk po i jepja asgjë.

"Jeni i huaj?", më pyeti dikush tjetër. "Keni ardhur për të parë muzeun?".

"Po", i thashë, "E çka do të thuash me këtë?".

"Asgjë, ai muze na mban gjallë, a ke gjë për t'më falë?".

"T'i fal qeveria e atij tjetrit", i thashë.

Qosh pas qoshesh, ajo rrugë ishte e mbushur me lypës. Ja, edhe historia ka parazitët e saj. Ata lypës ishin morrat e muzeut nëntokësor. Jetonin me gjakun dhe djersën e tij – ha-ha-ha - qesha me veten time. A duhej të kishte qenie të tjera në atë qytet të vjetër, përveç punonjësve të muzeut dhe lypësve, që jetonin në kurriz të së kaluarës?

Ishte bërë vonë. Një hënë e re si drapër i bronztë u shfaq në qiellin e errët. Po më pëlqente të endesha rrugicave të shtrembëta me kalldrëm të lëmuar të atij qyteti.

"Hej, kauboj! Do t'ju pëlqente të pinit një cigare me mua?". Ishte ky një zë femre.

"Më pëlqen, si jo, po ku je?", pyeta ngaqë nuk po e shihja. Nga pragu i një porte të jashtme, në anën tjetër të rrugicës, u shfaq në dritën e vdekur të neonit një vajzë e imtë, e veshur me kursim.

"Ja këtu", u prezantua, ndërsa unë e pashë të arsyeshme ta informoja se nuk isha kauboj, bile nuk isha as ndonjë farë klienti për të qenë, megjithëse do të më pëlqente të harxhoja pak kohë me të. Thjesht për t'u fjalosur. Më kërkoi falje që më kish thirrur kauboj, por, siç u shpjegua, në atë rrugë nuk kalonin zotërinj. Meqenëse ajo pranoi gabimin, kërkoi edhe nga unë që të mos isha i prerë, nëse do të rrija pak apo shumë, pasi, sipas saj, gjërat e rëndësishme nuk vendoseshin në këmbë, por ulur në tavolinë dhe me gjakftohtësi.

"Edhe mbretërit gabojnë kur nxitojnë.", më bëri ajo me dije, edhe pse unë i thashë se mbretërit gabojnë edhe pa u nxituar. Ajo këmbënguli që të dy t'i shtroheshim njëherë bisedës dhe pastaj... të shihnim e të bënim! Pastaj më tha se i dukesha i lodhur për vdekje dhe se kisha nevojë të domosdoshme për një dush të ngrohtë, përkëdhelje dhe disa orë të mira pushim. Sipas saj, bota do të më dukej më e mirë pastaj. E gjithë kjo nuk do të më kushtonte më tepër sesa një shishe me verë të vjetër. M'u kujtua se unë e kisha harxhuar pjesën më të madhe të parave për të blerë biletën e muzeut, megjithatë nuk e dhashë veten.

Ajo ishte afruar dhe ndërkohë po ndjeja gishtat e saj nëpër flokë. Një valë e nxehtë ndjesie po më ngrihej nga fundi i barkut. E lashë të më rrëzohej në kraharor dhe paqësisht derdha buzët e mia mbi të sajat. Pas pak e mora para duarsh dhe e pyeta se ku duhej të shkonim. Ngjitëm një palë shkallë në të majtë. Për fat, garsoniera e saj nuk ishte larg, se do të më kishin lëshuar këmbët, aq i lodhur isha. Sapo hymë brenda, më tregoi banjën e më tha se ishte gati. E ndjeja tmerrësisht të nevojshme të lagesha me ujë të nxehtë. Të shpërlaja mendjen nga ato imazhe të muzeut nëntokësor. Më nevojitej pastërtia për t'iu afruar parajsës tokësore, asaj parajse të prekshme, e cila, me siguri, po më priste në shtratin e bërë gati. Pas dushit ndjehesha në krejt tjetër gjendje. Vërtet kisha qenë i vdekur para pak çastesh. Është interesante: duhet dikush për t'i treguar njeriut që ka vdekur, përndryshe ka mundësi që ai të mos e besojë dhe ashtu i vdekur të vazhdojë të jetojë edhe për shumë kohë. Kur u ktheva në dhomë, ashtu duke avulluar, gjeta mbi tavolinë një gotë verë të vjetër franceze, të cilën e ktheva me një frymë. Vetëm atëherë hodha sytë nga krevati dhe, në mes të çarçafëve të bardhë, vërejta një njollë të zezë. "Hej", foli njolla. Hodha përtokë peshqirin e madh dhe u krodha në krevat pranë saj.

Fjalët që më thoshte në vesh, më tingëllonin të ëmbla edhe pse më dukej sikur vinin nga shumë larg. Kishin një butësi hënore, një vijimësi melodioze, si jehonat e tingujve që dalin nga fyelli i drunjtë i ndonjë bariu, që e kthen vonë bagëtinë prej kullote. Ajo nuk ofshante, nuk dihaste, veç shkrydhej me lirshmërinë e ketrave, e lëvizte atë trup me finesë, si një peshk i errët, mbyllur në një akuarium me ujë të kristaltë. Përplasej pafajësisht në trupin tim të bardhë, si fluturat e natës gabimisht përvëlojnë krahët e kadifenjtë në qelqin e dritësuar të llambës. Edhe kur i shpëtonte herë-herë ndonjë tingull, ai tretej në ajër, nuk mbërrinte në veshët e mi.

Nga mesi i natës, duke pushuar, ajo kishte vënë kokën në kraharorin tim dhe po më dëgjonte rrahjet e zemrës. Më pyeti se pse isha i shqetësuar, pse ato rrahje zemre buçisnin aq panatyrshëm, në fund të fundit për kë rrihnin ashtu? Në fillim mendova t'i thosha se ndjehesha i mërzitur për vendlindjen time, por pata frikë se do të më paragjykonte. Do të mendonte për mua si për ndonjë romantik demode. Pastaj, kush hynte e u përgjigjej pyetjeve të mundshme rreth vendlindjes sime. Nuk ishte normale të shpjegoja historinë, gjeografinë, socio-etno-psikologjinë e popullit tim. Isha lakuriq në një shtrat me dikë që as emrin nuk ia shqiptoja kollaj: Najobi. Mendova më vonë t'i thosha se më kishte marrë malli për nënën time, gjë që m'u duk gomarllëk shumë më i madh sesa i pari. Ajo do më merrte për ndonjë njeri që akoma nuk ecte me këmbët e tij ose, në rastin më të keq, do ta ngatërronte ndjesinë normale të përmallimit për nënën me ndonjë afeksion të fshehtë incestual, gjë që do ta çakordonte krejt gjendjen e limontisë në atë dhomë të errët.

Ajo më ndihmoi duke më pyetur nëse bëhej fjalë për ndonjë vajzë dhe unë rrufeshëm i thashë se po dhe se ajo ishte vajzë e çuditshme. Vinte në dhomën time kur unë nuk e ftoja e bënte me mua çfarë ia kishte ënda. Për ta bërë sa më të vajtueshme gjendjen time, ajo haptazi çonte dashuri me një monstër, me një njeri ngjyrëbujashkë, të stërmadh e stërkeq. Iu betova se kurrë nuk e kisha dashur atë femër, isha lidhur me të aksidentalisht, kishte qenë një çast në të cilin unë thjesht kisha dashur të kapërceja një kufi ndarës, një moment gati i papërgjegjshëm, i pafajshëm, që nuk kishte lidhje të drejtpërdrejtë me atë vajzë, por thjesht me një dëshirë timen të dhunuar prej vitesh. Ka qenë një impuls për të guxuar dhe shpërblimi ishte ajo marrëdhënie e çuditshme, që përsëritet mes kufijve të gjumit dhe zgjimit. Kur ia thashë këto, u ndjeva i lehtësuar dhe po prisja reagimin e saj. Ajo foli aq sa flet lisi i malit. Filloi të më shlyhej vetja, më dukej sikur kisha denoncuar një njeri dhe po prisja dënimin e tij. Ky lloj turpi nxiti në gjakun tim një thunxim të papërshkrueshëm, gjë që ndikoi edhe në rrahjet e zemrës. Najobi, duket e kuptoi gjendjen time. U ngrit, mori edhe një gotë tjetër vere dhe ma ofroi. Pastaj e ulur në gjunjë afër krevatit, filloi të lutej apo të fliste me ndonjë shpirt në një gjuhë, që unë natyrisht s'e kuptova. E lashë të bënte ritin e saj, pa guxuar të pyesja asgjë. Rreth mëngjesit, me duart poshtë kokës, ndërkohë që ajo flinte mbështetur në kraharorin tim, po mendoja se duhej gjetur një mënyrë për t'i shpëtuar Haikos. Krahasuar me këtë vajzë të imët dhe me lëkurë të errët, ajo ishte një hiç. Nuk shkoi gjatë pa vërejtur se po ia fusja kot, sepse Haiko ishte jashtëzakonisht shumë më e bukur se Najobi, së paku ajo nuk ishte vajzë rrugësh, ishte e lirë, bënte çfarë i donte qejfi, i zgjidhte të dashurit. Thjesht, ajo kishte të dashur, ndërsa Najobi klientë.

Ula sytë për të parë krijesën e errët që kisha në

kraharor dhe më erdhi keq që kisha menduar ashtu për të. Dukej se ishte vajzë e varfër, e ardhur nga kushedi çfarë qoshi i globit, si shumë të tjera. Kështu mund të jetë edhe fati i motrës sime, ku i dihet ndoshta edhe i vajzës. M'u rrëqeth mishi atë çast. Najobi e ndjeu vibrimin dhe u zgjua. Më këshilloi të mos shqetësohesha, çdo gjë do të rregullohej; më tha se zoti ishte i madh dhe se hakmarrja e tij ndaj të këqijve mund të vonojë, por Ai nuk harron. Gjithçka ndodhi më vonë, më kujtohet mjegullisht, me përjashtim të çastit kur unë i zgjata kartëmonedhën dhe pashë që asaj i ikën rrufeshëm prej syve dy-tri kristale loti të mëdha, si kokrrat e shiut të beharit.

"Nuk dua para nga ty", më tha dhe u shkreh në vaj. Mbeta si idiot. Vonë ma dha zoti t'i hidhja dorën në qafë e t'ia merrja kokën në gjoks. Ato çaste m'u duk sikur isha i zoti të plotësoja çdo ëndërr timen. Ishte e para qenie njerëzore që kishte nevojë për mua. Isha dikushi. I dhashë adresën, numrin e telefonit, duke iu lutur që të më thërriste. Dola përjashta. Ngrita kokën për të parë qiellin. Ishte i plumbtë, si kupolë bunkeri. Në fyt kisha një si boçë që s'më linte të merrja frymë rehat. Hapa krahët, i lëviza dy-tri herë dhe fillova të vrapoja nëpër leqet e rrugicës, në drejtim të stacionit të trenit.

Shiu më zuri para se të arrija në stacion dhe, edhe pse më kishte lagur, filloi të më vinte keq për të: binte kot në këtë gjysmerrësirë të mëngjesit. Askush nuk e vërente që ai po binte. Nuk ishte racionale për shiun të binte kot. Më mirë të rikthehej në qiell dhe të priste mesditën. Në atë kohë është e sigurt që do të kishte mundësi të lagte më shumë njerëz sesa vetëm mua, dy-tre furrtarë e ndonjë shitës frutash apo qumështi, që më zunë sytë gjatë rrugës.

Me të njëjtin tren udhëtova edhe në kthim. Asgjë. Fusha jeshile që kalbej në shi, gjedhët e rëndë e mospërfillës, përtacia e trenit dhe, kur zbrita, shiu pushoi.

Vrapova gjatë gjithë rrugës që e ndante stacionin me apartamentin tim dhe, kur po hyja me frymë të shpeshtuar, vërejta se dera e apartamentit të Haikos ishte pakëz e hapur. Ndala hapin. Koka e saj u shfaq në të çarën e derës.

"Ku ke qenë mbrëmë?", më pyeti, duke shtuar, "Ata të kërkuan edhe ty.".

"Kush më kërkoi?", pyeta.

"Hë se do ta marrësh vesh shpejt, mos u mërzit!", më tha me një ton të thatë, cinik.

## ZVARRË DREJT REALITETIT

Kishin kaluar muaj që kur gjyshja kishte vdekur dhe ndonjë shpresë e fshehtë se ajo do ta mundte vdekjen e do të rikthehej mes të gjallëve ishte fashitur. E binda veten se kishte vdekur njëherë e përgjithmonë. Më vinte keq për përrallat. Shumë prej tyre kishin mbetur përgjysmë. Gjoksorja e sermtë më bëhej sikur më fliste për të tjera gjëra, të ndërlikuara, të cilat shpesh nuk i kuptoja. Një përrallë, që vetja ime kishte nisur ta thurte me Fjonën, mbaroi shpejt dhe pati një fund dëshpërues. Atë e zuri dashnore një djalë më i madh sesa vetja ime, më vonë u martua me të dhe... nejse, ajo u bë përralla e dikujt tjetër. Vetja ime e hante veten me dhëmbë në atë periudhë pa e kuptuar pse Fjona kishte preferuar atë stërkeqin në vendin tim. Atë verë që u martua Fjona gjashtëmbëdhjetë vjeçe, unë e shokët e mi të lagjes bëmë një gjë të jashtëzakonshme. Fatorinoja bythëmadhe e linjës së urbanit për në vendin ku do të ndërtohej një hidrocentral, krenaria hidroenergjetike e atdheut, i kishte premtuar, nuk e di se cilit prej nesh, se po t'ia jepnim një pulë, do të na lejonte t'ia shihnim atë sendin për pak minuta. Unë nuk e di se si u përfshi vetja ime në atë grup, veç di se kisha për detyrë të vëzhgoja pulat e një plaku se nga shkonin, ku kullosnin, sa largoheshin nga shtëpia e tij, zbrisnin apo jo në përroskën e vogël që rridhte aty afër. Këtë detyrë unë e pranova me qejf, shumë më tepër për arsyen se shokët po më besonin diçka, sesa me shpresën se do të arrinim të zinim ndonjë pulë e kësisoj edhe t'ia shihnim atë sendin fatorinos. Ngritëm gjithfarë kurthesh, lidhnim kokrra drithi në spango e kur ndonjë pulë fatkeqe e gëlltiste, ne me shpejtësi e mblidhnim atë. Ndodhte që edhe kur e kishim kapur, sapo dëgjonim thirrjet e plakut e lëshonim pulën e ia fusnim vrapit. Nuk shkoi gjatë dhe ne ia arritëm qëllimit. Pula që kishim zënë ishte e grizhme, e shëndetshme dhe mjaft llafazane.

Kukuriste vakt e pa vakt, po ashtu edhe glasonte.

Po rrinim fshehur në një shkozishtë. Pulës ia kishim lidhur këmbët. Shtrirë në kokërr të shpinës, prisnim orën kur do të shkonim te shtëpia e fatorinos. Fytyrat tona dukeshin mjaft të preokupuara. Thua se ora fatale po avitej. Dhjetë minuta përpara, lidhëm qokthin e pulës me tel alumini, që të mos kakariste, e futëm në një çantë shkolle dhe me hap solemn, të heshtur, u nisëm drejt realizimit të ëndrrës sonë. Kur mbërritëm te dera e saj, na u lidhën duart, na u tha pështyma në fyt, askush s'merrte guxim për të trokitur. Shokët e mi iu lutën vetes sime. "Mos o zot, unë të kërcisja?". Duke u shtyrë me njëri-tjetrin, duket se zërat tanë u dëgjuan nga brenda dhe dera u hap. Na shkoi shpirti në fund të këmbëve. Pula lëvizi në çantë. Fatorinoja kuptoi gjithçka dhe na ftoi brenda. Kush të hynte i pari? Nejse. Ajo mori çantën bashkë me pulën dhe shkoi në banjë, ndërsa ne zumë vend në minderin e vjetër të kuzhinës. Kur u kthye, na pyeti nëse kishte filluar të na çohej luci, duke shtuar se kjo gjë, domethënë ngritja e lucit, po na ndodhte pak si herët.

"Megjithatë, meqenëse ju kam premtuar, do ta mbaj fjalën.". Ne rrinim si të shushatur. Ajo u ul në një karrige, hapi këmbët dhe na dha një urdhër që ne e zbatuam ushtarakisht: "Barkas!". Filluam t'i ngrinim kokat e qethura ngadalë, pastaj edhe kapakët e syve e gjoja si gabimisht i drejtuam sytë mes shalëve të saj të dhjamosura. Ishte pak errësirë atje në thellësi. Pak më vonë mbërritëm të shquanim një send të zi, të leshtë,

të madh, gati sa një mi kanalesh. Kofshët e rrudhëta
e të tulta nuk na lejonin shikim të qartë. Filluam të
lëviznim kokat, të cilat edhe na u përplasën dy-tri herë
në përpjekje për një pozicion shikimi të favorshëm.

"Boll", tha ajo, "koha mbaroi". Duke u ngritur,
mundëm të shihnim një të çarë të mishtë kuqalashe
mes leshrave të zeza. Kaq ishte. Dolëm kokulur, pa
guxuar të thoshim asnjë fjalë. Bisedat e asaj mbrëmjeje
nuk mund t'i harroj kurrë; shokët e mi betoheshin e
stërbetoheshin se kjo nuk ishte hera e parë që kishin
parë asi sendi, por, ky i fatorinos, kishte qenë krejt
ndryshe. Me çfarë nuk e krahasuan. Njëri prej tyre tha
se edhe nëna e tij ashtu e kishte. Ra një hop heshtje,
por pas pak u dëgjua: "Edhe e imja.". Të tre pranuan
se kishin vëzhguar nënat e veta kur laheshin ose kur
lanin rroba. Mua për herë të parë më shkoi ndërmend
se edhe nëna ime ishte femër; më turbulloi ky mendim
dhe doja të largohesha. Megjithatë prita. Njëri u krenua
se e kishte parë atë sendin edhe në një fotografi të
shkëputur nga një libër anatomie. Dikush tha se jashtë
shtetit ka edhe revista që blihen në dyqan e nuk ka
nevojë njeriu të vjedhë pula për të parë një shëmtirë si
atë që pamë.

"Hë mo, mos e shaj ti tashi, shih ky!", u ankua dikush.
Pas këtij çasti, lindi ideja që të bënim një marrëveshje
me fatorinon, t'i çonim dy pula që të na lejonte edhe t'ia
preknim. Unë hoqa dorë nga pjesëmarrja e mëtejshme
në vjedhjen e pulave e natyrisht edhe nga privilegji i
prekjes.

"Mirë, bëjmë edhe pa ty tani. Ne e dimë se çfarë bëjnë pulat, kur dhe si mund t'i kapim.". Vonë, mora vesh se marrëveshja ishte arritur, veç kishte qenë e rëndë. Djemtë duhej t'i dërgonin fatorinos pesë pula. Nuk e di a e realizuan apo jo, veç di që njëri prej tyre u gjend me pulë në dorë dhe u damkos për jetë të jetëve si hajdut pulash.

Një vit më vonë, Fjona lindi një fëmijë dhe unë atëherë e mora vesh se pse ajo nuk mund të më dashuronte mua. Ishte akoma herët. Përralla duhej vazhduar. Përralla për Omerin kishte mbetur përgjysmë. Kishte ngrirë në cep të buzëve të gjyshes, kishte dashur të ikte, të arratisej prej atyre buzëve të sermta e të vdekura, por kish ngrirë në formën e shkumës së bardhë dhe... A mund të vazhdonte ajo përrallë? Çfarë fundi do të kishte përralla tashmë që gjyshja kishte vdekur? Apo do të mbeste ashtu përgjysmë, përrallë e lënë djerrë, përrallë pazot? S'ka gjë më të trishtueshme sesa një përrallë e braktisur. Po edhe t'i tregosh përralla vetvetes nuk ka kuptim. Ajo do që të ketë dëgjues. Dëgjues të vëmendshëm, se po e zëmë se unë mund ta vazhdoj tregimin e asaj përralle, po kush do të më dëgjojë?

Askush nuk është më i interesuar të përrralliset në këtë botë të shkathët dhe të paqëndrueshme. Po unë kam për ta mbajtur gjallë atë përrallë edhe sikur t'i jap shpirtin tim. Tek e fundit, s'jam më i mirë se gjyshja ime e vdekur. Ajo ia ka dorëzuar shpirtin e vet përrallës dhe unë do ta shpëtoj atë shpirt.

## ËNDRRA BARDH E ZI

Më urdhëruan të ngrihesha shpejt nga gjumi dhe, ashtu siç isha, t'u vihesha prapa. Bëra siç më thanë. Nuk shkuam larg, deri në apartamentin e Haikos. Një erë e rëndë m'i shpoi hundët. M'u duk se e pashë edhe Haikon me flokë të shpleksura e me një fustan nate të çjerrë në dy-tri vende. Dy burra imcakë, me mjekra me lesh të rrallë e të gjatë, më treguan dhomën e gjumit. Aty kundërmonte më shumë. Poshtë çarçafëve shquajta konturet e një njeriu. Çarçafët ishin me njolla ngjyrë ndryshku. E ngritëm atë trup. M'u duk tepër i lehtë. Ndoshta ishte i vdekur. Të vdekurit nuk janë të lehtë, ata janë të rëndë plumb. E pashë edhe njëherë Haikon. Ajo rrudhi krahët. Dolëm përjashta. Shquheshin vetëm ca trungje të zhveshur nga lëkura, që zbardhëllonin. Më vonë kuptova që nuk ishin trungje, ishin shtylla të bardha betoni. M'u dukën jashtëzakonisht shumë, të ngulura pa rregull, thuajse kot. Më duhej të bëja dredha përmes tyre me atë trup të lehtë njeriu mbi supe. Dy burrat imcakë, që më ngjasonin me japonezë, më ndiqnin për fërkem. Ndjeva erë kalbësire përzier me atë të djersëve, që më rridhnin pa pra. Hu-hu-u ia krisi një zog nate, që më fluturoi para hunde. Më pëlqeu dallga e freskët e ajrit që ngritën krahët e tij. Iu afruam një ure. Kaluam mbi të. Ishte urë e drunjtë. E rrezikshme. Poshtë turbullonin ca ujëra të zeza. Në anën tjetër të urës nuk kishte më shtylla betoni të ngulura. Në fillim s'kishte asgjë. Rërë dhe një bar i teltë, që po m'i gjakoste kërcinjtë. Pas pak rruga ishte më e shtruar. U dukën edhe shtëpitë e para. Të vogla dhe të shtrembëta. Kështu ishin edhe rrugëzat mes tyre. I vdekuri që kisha në kurriz edhe pse ishte i lehtë, ishte kaba, trupmadh. Më pengonte. Pleqtë japonezë dihasnin pas meje. Nga ballkonet e ulëta rridhnin herë-herë ujëra të pista. Shquajta një dritë. Aty edhe u ndala. Ishte një klub me tavan të ulët, i tymtë, brenda të cilit gëlonin njerëz pa çehre. Flisnin një gjuhë të dehur, të sakatuar. Një grua picërrake, një lloj imtësie e eshtërt foli:

"Urdhëroni raki orizi nga koha e revolucionit kulturor! Apo dëshironi vodkë "drapër e çekan", nxjerrë nga gjaku i kozakëve, shampanjë neozelandeze, mbështjellë me lesh të freskët viçash, verë të kuqe si gjaku i Robespierit?". Ato pjerdhësirat e tjera, që deri pak më parë bënin zhurmë, i kishin fshehur dhëmbët e prishur pas buzëve dhe ia kishin mbërthyer sytë ngarkesës sime të çuditshme, mbështjellë me çarçafin e bardhë me njolla ndryshku. Sapo u hodha një vështrim, ata iu kthyen një pikture të varur në mur, ku shquhej një grua me kokë të përkulur mbi një foshnje të lezetshme. Më ishin tharë buzët. Gjunjët më dridheshin. U ktheva mbrapsht. Pleqtë mblodhën mjekrat dhe m'u vunë prapa. Edhe shtëpive u erdhi fundi. Një kodrinë e butë ishte para meje; unë i afrohesha, maja e saj largohej. Larg shquajta një send të bardhë, që lëkundej. Më duhej ta mbërrija atë send. Në degën e një peme ishte varur një këmishë nate femrash. U ndala. Linjat e një trupi njeriu filluan të mbushin këmishën, por unë nuk shquaja dot asgjë. Nën hijen e zezë të pemës së zezë, shquajta një gropë të zezë.

"Hidhe aty!", më urdhëruan pleqtë japonezë. E hodha trupin e lehtë të njeriut, që e kisha mbajtur aq gjatë në shpinë. Një vikamë e tmerrshme doli prej gropës bashkë me një fjollë tymi rozë. Vendi përreth u ndriçua. Njeriu që kishte mbushur këmishën ishte Haiko. Sytë më kishin mbetur ngulur në fund të gropës. Çarçafi me njollat e ndryshkëta u mbështoll në formë shalli dhe m'u lidh rreth kresë. Ashtu si i mbanin të parët e mi marhamat. Djersët m'u ftohën dhe fillova të mërdhij. Futa një copë të çarçafit në gojë, që të mos më thyheshin dhëmbët. Pleqtë japonezë ishin ulur këmbëkryq si Buda, me duar të bashkuara në gjoks e sy të mbërthyer në qiellin e zi, belbëzonin lutje. Pastaj ikën me vrap duke klithur:

"U varrooos! U vaaarrrrrooooooos! U vaaarross! Shpëtuam! E hoqëm qafe!". Ndjeva një si dhimbje në kraharor. Ishte sikur të më kishin shkulur diçka. Dhimbja vinte thellë nga zguri. M'i terroi sytë, m'i këputi gjunjët. U rrëzova përdhe. Dheut i vinte era rrënjë. Rrënjë të këputura jo shumë kohë më parë. Mora disa prej tyre nëpër duar. Rridhte ujë i kulluar prej fundeve të tyre. Preka sytë e mi. Po lotonin heshturazi e vjedhurazi prej meje, sikur të kishin frikë. Desha të pyes diçka, por s'dija se çfarë. Po edhe sikur, nuk do të kisha se kujt t'ia drejtoja pyetjen. Këmisha e grisur tashmë tundej nga era pa trupin e Haikos. Edhe ajo kishte ikur. S'di pse më erdhi mirë. Isha vetëm, mes natës së zezë dhe fushës së pafundme. Ajo errësirë m'u duk miqësore. M'u duk se mund t'i besoja dhe i besova. Ia krisa një të kukature me gjithë fuqinë time: kuku, kuku kuuuuku, kuuuuuku, kuuuuuuuuku, kuku, kuuukuuuu!

Ndjeva se po çlirohesha. Fryma po më vinte në vend, fresku i natës m'i kishte ftohur lotët në faqe dhe pezmin në shpirt. U largova nga ai vend pa dalë drita. Drita e turbullt e një mëngjesi, që po vinte përtueshëm.


DOSJA "MIOPI 00373/a"

(Ha.Fi-ja nuk është i qetë! Shënime të gjetura në dosjet e shokut S.S; material që mund ta ndihmojë regjisorin, që do të inskenojë këtë pjesë).

Kur afroheshin festat e mëdha, Ha.Fi-ja dëgjonte me vëmendje të madhe lajmet. Natyrisht jo pa interes ndiqte edhe ato lajme që bënin fjalë për fitoret e pambërritshme, që ishin arritur në sajë të vijës së drejtë të partisë së tij, por ai i kushtonte kujdes të veçantë, madje e gllabëronte një ankth i papërshkrueshëm kur dëgjonte se ishte shpallur ndonjë amnisti. Për lumturinë e tij, edhe në festat e këtij viti nuk u lirua kush. Veç disa hajdutë e kriminelë, por jo ata që Ha.Fi-ja nuk dëshironte që të liroheshin.

Përgjithësisht, kohëve të fundit, kishte filluar të rrinte brenda. Me Farmacistin Miop kishte dështuar plotësisht. Asgjë s'kishte qenë i zoti të informonte. Shoku S.S. nuk ia varte edhe aq shumë. Ndonjëherë, kur përgjonte ndonjë gjë që i dukej me vlerë, bëhej me krahë, zemra i gufonte nga gëzimi e fluturonte te shoku S.S. Ia tregonte me detaje, natyrisht duke shtuar plot gjëra nga vetja e tij. Ai ishte i bindur se edhe pse një ngjarje nuk ka ndodhur, ajo fare mirë mund të ndodhë. Mjafton që të trillohet ngjarja dhe mundësia, që ajo në një të ardhme të afërt mund të ndodhë, do të rritej.

E dinte Ha.Fi-ja se përgjithësisht të arrestuarit i mohonin akuzat, por ç'rëndësi kishte kjo kur akuza ishte e sajuar bukur dhe pa pikë dyshimi jepej edhe dënimi i merituar? Kohëve të fundit kishte vërejtur se shumë prej miqve të tij të vjetër kishin filluar të silleshin ftohtë me të. Po kështu sillej edhe i biri. Kishte vendosur kushedi sa herë ta pyeste se pse i rrinte ashtu me turinj, por një zë i metaltë sikur i thërriste nga fundi i stomakut: mos e pyet kot! Nëse e pyet, ai do të të japë një përgjigje, efektet e së cilës nuk do të kesh kohë t'i riparosh sa të jesh gjallë! Rri rehat, ç'po të duhet të hash mut kot! Kështu që, i mbyllur brenda vetes, mundohej të imagjinonte përgjigjet që do të merrte nga i biri pa guxuar t'i shqiptonte plotësisht.

Ditëve të dimrit dilte përjashta dhe ua mpinte sytë njerëzve që mërdhinin me rrjeta nëpër duar në radhët e zakonshme të bukës, patateve e të ndonjë "mapoje" tjetër. Sillte ndërmend gjithë karrierën e tij. Sa herë kishte qëndruar kot nëpër ato radha për të dëgjuar ndonjërin që mund të fliste ligsht për sistemin shoqëror. Ndjehej krenar për shërbimet që i kishte sjellë popullit. Po, kish se me çfarë të krenohej. Ishin me dhjetëra ata që vuanin nga "sindroma e degradimit të pashmangshëm të sistemit shoqëror", që ai i kishte zbuluar, denoncuar e më vonë ishin kuruar nëpër ato vendet e "kurimit".

Në gjithë karrierën e tij nuk kishte ndjerë as më të voglën vrasje ndërgjegjeje, vetëm në rastin e 205-s.

"Me atë kam hyrë në gjynah, ka njëzet e tre vjet që kalbet burgjeve! Po ç'të bëja unë atëherë?", e justifikonte veten, "Isha i ri, sapo kisha filluar punë, duheshin prova besnikërie, aq më keq që fillova punë në çastin kur sapo ishte hapur një fushatë e gjerë lufte kundër gjithë armiqve".

Ha.Fi-ja mendon se kur kishte filluar punë, gjërat kishin qenë më të thjeshta. Njerëzia ia besonte edhe fundin e barkut tjetrit. Mund të zbuloje çfarë ta kishte ënda, po hajde e puno sot, kur njerëzit janë bërë tinëzarë e dinakë, nuk të kallëzojnë as sa gishta kanë nëpër duar. Sot, njerëzit, kur u hap kësi bisedash, të shikojnë në dritë të syrit me një vështrim që më tepër i ngjan një të pështyre tërë jargë e largohen pa e çelur birën e gojës e me fytyrë të shtrembëruar. Ha.Fi-ja kishte filluar të turbullohej edhe politikisht. Vitin e kaluar kishte zënë krevatin për nja tre muaj dhe s'kishte pasur mundësi të merrte pjesë as në format e edukimit. E ndiente mungesën e tyre edhe pse, herë-herë, instinktivisht ngre dorën dhe prek teserën e partisë, që e mban të mbështjellë me plastmasë, në një qeskë të varur në brendësi të rrobave, afër zemrës. Nuk i ishte lëkundur besimi, por kishte disa paqartësi. Vendosi t'i ndiqte të gjitha format e ardhshme të edukimit.

Në një nga ato ditë, ndërsa kthehej në shtëpi prej formës së edukimit, u përballë me teneqexhiun. Deshi t'i fliste, madje edhe ta ftonte për një kafe e fërnet, posi jo ore edhe ta qeraste. Nxori dorën nga xhepi dhe e përshëndeti. Teneqexhiu e pa, por menjëherë uli kokën, bëri sikur nuk e vuri re, rrëshqiti mes dy njerëzve dhe u zhduk pas një qosheje. Akulli i rrugës i hyri edhe në shpirt. I gjithë entuziazmi që e kishte kapluar, dëshira për t'i bindur njerëzit se sa e drejtë ishte vija e përgjithshme e partisë, edhe pse kishte raste që nuk zbatohej mirë nga ndonjëri tektuk, iu zvjerdh plotësisht. Edhe një njeri si puna e teneqexhiut nuk denjonte t'i fliste, jo vetëm kaq, por i ktheu bythën me përbuzje.

"Çfarë po ndodh kështu? Jam plakur? Nuk duhem më? Po pse të sillen kështu me mua? Kam punuar e sakrifikuar kaq vjet. Nuk u gjetka një njeri i vetëm që të m'i njohë meritat? Duke filluar nga im bir, që e kam më të shtrenjtën pasuri, e deri tek teneqexhiu, që s'është kurrkush. Të gjithë thua mendojnë njëlloj për mua?! Pse më shikojnë kështu me përbuzje, si të isha zog thiu?". Ka edhe pyetje të tjera që e bëjnë të vuajë Ha.Fi-në. Gjëja që e trishton më tepër, është pamundësia për të komunikuar me njerëzit, ata i shmangen si kolerës. Njëherë, teksa deshi të puthte një vogëlush, që po luante në park, fëmija qau me të madhe dhe i thirri të atit për ndihmë: "O baaa, më flliqi një llapush te faqja!". Kish ikur me majat e veshëve të skuqura prej turpit.

Edhe ditën që teneqexhiu nuk ia vari, kish ndjerë që veshët i qenë skuqur, veç nuk kishte qenë në gjendje të vlerësonte nëse ajo prushurimë i kishte ardhur nga të ftohtit, nga turpi apo nga inati. Kishte shpeshtuar hapat të kthehej në shtëpi. E konsideroi veten me fat që nuk i rrëshqitën këmbët në akull.

## PAS ZVARRITJES, KËMBADORAS

Po, këmbadoras. Nuk mund të ngriheshim menjëherë në këmbë. Nuk e kishim mësuar mirë ecjen, kishim frikë se na merreshin mendtë, kishim frikë se i largoheshim shumë tokës. Aventura me pulat gjatë asaj vere, i kishte lënë vetes sime një shije të keqe. Ishim zhgënjyer edhe prej sendit që kishim parë. Në përpjekje për ta harruar atë gjë, unë dhe vetja ime filluam të merreshim vetëm me përrallën e lënë përgjysmë. Ishim të betuar që të mos e linim atë përrallë të vdiste. Dhe kishim të drejtë. A nuk na kishte dalë boll vdekja e gjyshes? Të paktën përrallën mund ta shpëtonim.

Vetja ime thoshte se rrezja e kishte marrë Omerin dhe e kish çuar në një qytet të madh, larg prej vendlindjes e prej tymit të luftërave, në një qytet me rrugë të gjëra e shtëpi të bukura, me klube nate e njerëz të gëzuar, kishte filluar të shiste drogë e të bëhej i pasur, u kishte dalë për zot të gjitha vajzave, që kishin ikur prej vendeve të tyre nga frika e luftës, varfërisë, sëmundjeve e që punonin si gra-shtesë e grave të burrave të fuqishëm të atij qyteti. I kish mbledhur në një kuvend e ishte bërë komandant i tyre. Ato femra, Omeri i trajtonte bash si t'i kishte motra. Shumë prej tyre kishin mbërrit prej vendlindjes së Omerit. Ai nuk i njihte, por e njihnin ato. Kish ndonjë prej atyre, sidomos të huajat, që edhe i hynte në dhomë, por Omeri veç luante e qeshte me të, e puthte ndonjëherë rrallë, e përkëdhelte, i jepte zemër e kurajë - do t'i fitojmë të drejtat tona - dhe e zinte gjumi në krahun tjetër. Pastaj Omeri i bindi të gjithë qytetarët e atij vendi se "shtypja dhe shfrytëzimi i atyre vajzave, ishte një gjë e palejueshme. Nëse do të vazhdonte kjo gjendje, ato do të ngriheshin në kryengritje të përgjithshme, në një revoltë pidhore për ta rrëzuar sistemin e kalbur.".

Boll, i them vetes sime, përralla nuk është si artikull gazete; nëse je i lodhur futja gjumit, nuk e kemi përrallën për t'u tallur me të.

Vetja ime pajtohet me mua. "Mirë", më thotë, "ndoshta jam lodhur dhe ia fus kot. Nëse ti nuk je i lodhur, vazhdoje vetë.".

Unë edhe e vazhdoj, por vetja ime më ka turbulluar me ato fjali gazetash.

Fik dritën, mbyll sytë dhe përpiqem të krijoj me imagjinatë hapësirën në të cilën endet Omeri. Nuk duhet të jetë diçka normale, nuk mund ta vulgarizoj deri në atë shkallë sa Omeri të merret me asi punësh të turpshme e të jetojë nëpër apartamente, qofshin ato shumë më të mira sesa tonat. Natyrisht, nuk e kam fjalën për shtëpinë e vetes sime. Nëse ju kujtohet, ajo është një barakë e bërë me dërrasat e ambalazhit të një fabrike, që i solli qytetit dy gëzime njëherësh: njërin kur u hap dhe tjetrin kur u mbyll. Jo, Omeri që ka bërë atë përpjekje të jashtëzakonshme, atë ngritje nga varri, atë arratisje me rreze, me zanë, ai ikanak i çuditshëm, që e la të ëmën të ngrirë në Lugje të

Verdha, vendin e vet në një etje gjaku e lirie, babën të vetmuar nëpër luftërat e egra kundra fqinjëve, ajo pjellë e një çasti prehjeje e qetësie, foshnje e lindur shtatë vjeçe, e vdekur po shtatë vjeçe, hero pa bërë ndonjë farë heroizmi e i kënduar në këngë trimërie, vëlla i shtatë vëllezërve të vdekur luftërash e humbur emrash e eshtrash, pa varr e shenjë. Ai duhet të ketë rijetuar pas asaj ringjalljeje po aq gjatë e thjesht sa edhe heronjtë e Dhjatës së Vjetër.

"Më ço në një vend ku s'mund të më gjejë askush... as nënës mos i trego... gjakun ma hiq, nuk më duhet, është gjak i rëndë, i vjetër, i panevojshëm. Është mizor ai vend që ruan varre të hapura për bijtë e vet... unë nuk jam... më vonë dua të jem". Këto fjalë ia kishte thënë rrezes dhe pastaj e ëma e ngrirë ishte shndërruar në gjithçka: në nimfë, zanë, fije bari, fjollë ajri, grua fatmjerë me shpresë se do ta shihte të birin, do ta takonte, po ai s'kishte ardhur, s'kishte pranuar të kthehej. Ku kishte ndenjur? Ku është ai vend, ku s'mund të të gjej kurrkush? Ndoshta është ndonjë shpellë në male! Po a ka pranuar Omeri i ikur prej maleve të rrijë prapë në male? A ka pranuar ai të zëvendësojë egërsinë e luftërave të të atit me pashpirtësinë e luftës për ekzistencë mes kafshëve? Dukej si e pamundshme. Po edhe zana e shfaqur si rreze s'ka pasur se si ta lërë Omerin në atë gjendje. Fundja nuk do t'ia vlente ai mundim për ta ngritur nga varri e për ta dërguar në ndonjë varr tjetër, me ndryshim që ky i fundit nuk do të ishte barku i tokës, por barku i ndonjë egërsire. Hanë kafshët e egra njerëz të vdekur? Ku i dihet. Nejse, Omeri ishte ringjallur. Po pse nuk kishte kërkuar që të shndërrohej në shenjt, në zot a bir zoti, siç ishte shndërruar Jezu Krishti pas ringjalljes? Fundja mirë ka bërë; nuk ia vlen konkurrenca me qeniet mbinjerëzore, me zotat. Humbja është e nënshkruar që në fillim të kësaj beteje. Pa miratimin e zotit, as Omeri nuk do të kish patur mundësi të ringrihej nga varri.

Më zë gjumi shumë vonë duke menduar këto gjëra. Para se t'i dorëzohem plotësisht gjumit, i kthej sytë prej gjoksores së gjyshes. Ngjyrat e gurëve të çmuar shquhen mistershëm edhe në errësirë, herë-herë fashat e dritës që rridhnin prej tyre trasheshin, duke krijuar fjolla drite që projektonin në muret e errëta prej dërrase të dhomës sime, krijesa të gjithfarshme fantastike, kupola kishash të vjetra me kryqe të stërmëdha, hije picigate selvish, bri dhish të egra, harkuar si gjysmë hëna të mbivendosura, kurrize kafshësh që vështirë se u njihet lloji në ditët tona, reflekse ujërash nëntokësore, silueta udhëtarësh të një rruge që nuk ekziston më, pastaj… Omeri shtrirë në një shtrat të butë me pupla, brenda një shpelle magjike me stalaktite e stalagmite të florinjta, rrethuar prej hijesh që i bëjnë fllad me freskore të stolisura me gurë të çmuar. Omer gjumashi me sy të mbyllur, me dy stërpleq shtatë-pëllëmbë-mjekër-e-tri-pëllëmbë-trup ulur te koka e krevatit, duke i treguar çka ndodhte në botë e në vendlindjen e tij, çka kishte ndodhur stërdikur, dikur, para shumë kohësh, në të kaluarën, dje, sot, nesër, pas disa kohësh, në të ardhmen dhe në të stërardhmen. Omeri zgjohet prej gjumit, urdhëron pleqtë ta mbyllin gojën, flet për ato që ia ka ënda të shohë e të bëjë në vendin tij. Fillimisht dëshiron të gjejë eshtrat e vëllezërve të tij, të ndërtojë varre për ta me mermer të zi e të kuq, marrë prej brigjeve të Spanjës e Greqisë. Do të rindërtojë kullën e shkatërruar të babës së vet, do ta bëjë të bukur, të madhe e me dritare të gjera, do të hapë rrugë e ndërtojë hotele, qytete, porte anijesh, fabrika, uzina, të thajë këneta e të ngrejë hidrocentrale, të hapë shkolla e të ngrejë universitete, spitale e akademi, të botojë gazeta e libra, të ngrejë teatër e kinema, ekspozita, muzeume, vende me u çlodhë e stadiume, parqe, liqene, rezervate, kopshte për kafshë të egra e për të gjitha llojet e bimëve. Për të gjitha këto do ta vinte veten në krye të të gjitha punëve, nëna e tij do të jetonte si perandoreshë, ish-varrin e vet të zbrazët dhe ahun e moçëm do t'i zbriste në mes të qytetit, që do ta ringrinte nga themelet e do t'i shndërronte në objekte kulti, ku të faleshin tërë qytetarët, do të ndërtonte një obelisk me gurë kristalor, të çmuar, në përkujtim të lotëve që kishte derdhur e ëma gjatë kohës që ai kishte qenë i vdekur, si edhe për lotët e derdhur kur ai kishte qenë jashtë vdekjes, por larg saj. Ligjet do t'i bënte sa të mundte të njerëzishme, t'i printe qytetit me urtësi e rrugaçëve me ashpërsi. Zanën e malit, që e nxori prej kthetrave të vdekjes, do ta shpallte Perëndi të qytetit e qytetarëve të tij. Përmendorja e saj e florinjtë do t'i bënte nder qytetit, simbol në flamur do të vendoste fytyrën e saj, në paratë që do të priste, do të vinte portretin e saj, po ashtu edhe në pullat e postës. E meritonte zana e malit një nder të tillë. Pak më vonë, si rastësisht, shtatë-pëllëmbë-mjekroshët-e-tri-pëllëmbë-gjatët i kujtuan se fqinjët e babës së tij ishin prapë aty, në kufi me qytetin e tij. I thanë se ata nuk i kishin ndërruar qëllimet dhe mënyrat për t'i arritur ato. Këtë gjë e quajtën jo të parëndësishme për t'ia kujtuar. Atëherë Omeri filloi të fliste për një mur, një mur të lartë deri afër qiellit e të gjatë aq sa ishin tokat e babës së tij, fisit të tij, një mur, që do ta mbronte qytetin prej sulmeve barbare të fqinjëve, që nuk e harronin të kaluarën, që nuk hiqnin dorë prej "synimeve të vjetra". Duhej ndërtuar një mur. Ndoshta kjo është gjëja e parë që duhet të bëjë. Muri duhet të jetë i fortë, i padepërtueshëm, i madh, aq sa ata të mos kenë mundësi të shohin brenda tij, se po të shohin goja u lëshon lëng e u ndizet inati në shpirt pse qyteti e fisi i tij jetojnë më mirë se ata, më të lumtur se ata. E dinte që për të ndërtuar atë mur duhen vite e vite, duhen ndoshta sakrifica të shumta. "Tek e fundit do të jetojmë të qetë me veten tonë, pa frikën e armikut të jashtëm, fqinjëve tanë që zakon e kanë pasur dhe e kanë t'i shkatërrojnë kullat e jetën tonë. Por edhe nëse e ndërtoj atë mur, fillimisht duhet bërë kujdes të edukoj popullin tim, që është mësuar dhe e ka në gjak luftën, se nëse nuk i shmanget tundimit për të luftuar, të mos e ndërtojë fare atë mur. Nuk ia vlen ajo sakrificë. Në vend që të luftojmë me fqinjët tanë, do të luftojmë me veten, do të vrasim e shfarosim racën e fisin tonë, duke ia bërë qejfin armikut, i cili, pas disa kohësh, edhe mund ta marrë vesh që jemi vetasgjësuar e do ta festojë atë ditë. Nëse është e thënë për t'u asgjësuar si fis, është më mirë të asgjësohemi në luftë për të mbrojtur trojet tona prej të huajve sesa të asgjësojmë veten. Të asgjësosh veten brenda një muri është tmerrësisht më kriminale, më e pahijshme dhe jo heroike sesa të të vrasin të huajt kur ti mbron veten, fëmijët, motrat, gratë, pragun, bukën tënde nga barbaria e dikujt tjetër. Fakt është që fisi im është mësuar të luftojë. Nëse vërtet mbyllet brenda një muri e nuk ka ndonjë kundërshtar me të cilin t'i provojë forcat, ka shumë rrezik që ai do t'i kthehet vetvetes, do të vetëshfaroset. Kur pas shumë vitesh, armiqtë shekullorë të fisit tim të marrin vesh që ne nuk ekzistojmë më, edhe pse kemi qenë të rrethuar me mur, do të tallen me kufomat, me varret tona e ky është një fund i pashoq. Ata ndoshta nuk do ta hapin kurrë murin nga jashtë e mund edhe të mos e marrin vesh që jemi zhdukur. Brenda në burgun që i bëmë vetes, do të na vizitojnë veç korbat. Do të bëhemi gazi i botës.". Omerit iu duk se të gjitha ato që po mendonte, ishin të kota; me mur e pa mur aty nuk jetohet, aq më keq që filloi të frikësohej se, po të kthehej në vendlindje, do të rivdiste. Ishte një varr

atje që e priste krahëhapur e që nuk vjetrohej, ishte
një nënë që ulërinte, ishte një ah që nuk përkulej,
ishte gjaku e toka e të parëve që e grishte. Si zë i dalë
prej zgavrash të humbta, rreshtat e një kënge filluan
e u derdhën prej buzëve të tij të rreshkëta.

> *'Mori zanë e buk'ra zanë, ku ke ikë e ku m'ke lanë,*
> *Omer djali s'luen prej shtratit e shtratin me xhevahir e ka,*
> *po thotë, ashtu m'u ka ndryshk, po thotë, gjaku m'u ka tret'*
> *po thotë, mjalta m'duket idht' edhe uji krejt i that'.*
> *I rrinë sytë ajun në lot, natën mbyllë e ditën mbyll'*
> *Kam një rrasë, thotë, n'krahnor e në zemër kam i gur,*
> *një vorr t'hapun e kam diku, diku e kam i nanë të ngrat',*
> *një atdhe, një fis e far', në majë t'malit me kamb' në det.*
> *Isha i vogël kur i lashë, shtatë vjeç fmi, shtatë vjeç burr,*
> *ik prej varrit lye në baltë, ardh në shpell veshun me ar,*
> *m'lypin kreshtat, malet, krojet, m'lypin fushat, skutat, prrojet,*
> *m'lypin hasmit dhe miqt' e babës, m'lypën qielli shkrum*
>           *prej flake.*
> *S'di çka ndodh në ato anë, nuk di gja qysh prej asaj nate!*
>     *O heej, more heej....".*

Pleqtë te koka e këqyrën njëri-tjetrin në sy, njëherë
menduan se duhej thirrur zana, i duhej kallëzuar çka
Omeri kishte thënë, por ajo ishte larg e koha s'priste,
kishte një mijë vjet pa folur ky njeri. I duhej thënë e
vërteta, s'duhej fshehur asgjë. Omeri kishte nevojë ta
mësonte të vërtetën, le të ishte ashtu siç ishte. Nisën

pleqtë të këndojnë në kor, me një zë të gurtë me jone shpelle, të ngërçitura:

*"Në Lugje t'Verdha kan dalë traktorët,*
*grumbuj hekuri me fuqi dreqi,*
*rrafsh me tokë i kanë ba lisat,*
*e nëntokës ja kan qit krymat,*
*ngulin hekura e hapin vrima,*
*rrzuen kersha, e tuj vú mina*
*krejt gjethnaja asht shkretue,*
*bjeshka e ngratë asht' tuj lëngue.*
*Njerzt e fisit s'besojn' ma n'zana,*
*kanë rrokë kazma e lopata,*
*me urrejtje varë nën sqetull,*
*s'din ç'ka asht ma baba e nana,*
*ç'ka asht mirsia e fjalët e prajta,*
*i besojnë veçse parimit,*
*i biri i dreqit e dreqi i t'birit,*
*zvarr' e heqin shoqi-shojn,*
*vdekja i knaq e në vdekje gzojnë.*
*Kan shkatrrue ç'ka u ka kap dora,*
*thon se t'ardhmen jan tuj ndërtue,*
*s'ua pret hovin moti as bora,*
*punt e dreqit pa mbarue.*
*Miratojnë e rrehin shplakë*
*për ma t'keqin ves a plag,*
*besojn rrenat me sy mbyllë,*
*e t'vërtetës i rrin larg.*

"Jo!", klithi Omeri.

"Po", i thanë pleqtë, "Fisi yt tashmë i thotë vesit virtyt e të gjitha virtytet i quan zakone prapanike, bëjnë beteja me zakonet e traditat e veta. Ato që janë për t'u harruar, ata i mbajnë mend, ato që janë për t'u kujtuar, ata i harrojnë. Aty ku duhet të ngrejnë përmendore, ata bëjnë mutin, mbi themele plehrash ndërtojnë monumentet e veta të përçudnuara. Humbjet i quajnë përvojë e prej tyre mësojnë se si të humbin përsëri. Luftojnë me hijet e panumërta të armiqve dhe i fitojnë të gjitha betejat me sukses të plotë. Ulen buzë arash e hanë bukën e përditshme, atë bukë që e prodhojnë vetë me komandë e janë kopeisht të lumtur që nuk vdesin urie. Ua këqyrin gratë e motrat njëri-tjetrit, turp e quajnë ndershmërinë, shpifin, rrejnë e spiunojnë, u kënaqet zemra kur shohin vëllain e vet rras në greminë. Të mençurit dhe të diturit e asaj toke merren me punë të rënda për të kalitur trupin e imët. Kokëtrashët, kryetulët e soje të tjera të bagëtisë njerëzore, kullosin nëpër zyra e bëjnë fizkulturë mëngjeseve. Dalin edhe në terren, vjedhin, rruajnë, plaçkitin e dhjamë prej pleshti duan të nxjerrin. Zanat, orët, perënditë, njerëzit e urtë e gjenitë i kanë çuar të thajnë këneta. Aty mësojnë në libra kapaktrashë ngjyrë gjaku biblën e shejtanit që u prin, për të cilin thuhet se e ka zakon me u qi në bythë me hallvaxhiun.

"Jooo!", klithi Omeri.

"Po.", thanë pleqtë, "Prit e dëgjo!".

*"Kang e prralla i kan mbledh, n'faqe librash i kan hedh,*
*n'biblioteka i kan ngujue, prish prej mykut, krejt harrue,*
*u mykën kangët e legjendat,*
            *lmashk zunë shpirtat edhe ëndrrat,*
*janë shtjerr krojet e burimet, janë tha pyjet e blerimet,*
*ikë kanë zogjtë e kafsht e pyllit,*
            *e barinjtë me tinguj t'fyellit,*
*asht zbeh dielli e asht tret hana,*
            *asht tkurr truri e asht tha zemra,*
*janë vjedh yjet e shue planetet,*
            *janë shkurtue ditët e zgjat netët,*
*terr më shumë e dritë më pak,*
            *ftoht përjashta e pa zjarr n'konak,*
*më pak shi se vetima, më pak re se bubullima,*
*gjithmon çuet, kurr pa fjetun, më shumë varre se t'vdekun,*
*djersë e lot, piskam e gjak, hithra e barë tuj mbi në prag.*
*Me dy ftyra lindin fëmija, në dorë hajnash ka ra burrnia,*
*rrshqit ka toka e ra n'gremin,*
            *pezull n'ajër njerzit po ngrijn,*
*nuk kanë zot e as kanë pronë,*
            *kurrë ma mirë s'kem qenë, po thonë!"*.

Pleqtë e mbaruan rrëfimin e po prisnin Omerin të thoshte diçka. Ai ishte shushatë. Si ka mundësi që në gjithë atë këngë të mos përmendeshin edhe fqinjët, e keqja e madhe, e përjetshme, e pandryshueshme. A thua se fisi i tij kish ndërruar lagje në këtë planet e ish vendosur aty ku ia kish ënda, pranë miqve, larg së kaluarës, por që kish filluar të vetëshkatërrohej. Kjo ishte një gjëmë më e madhe se sulmet dhe egërsia e fqinjëve.

Vetja ime është dakord me mua dhe më thotë se e gjithë kjo i ngjan vërtet një përralle, që edhe mund të këndohet. "Po, a është i mirë apo i keq Omeri, a fiton apo humbet në fund, çfarë mesazhi u përcjell kjo përrallë dëgjuesve?", pyet vetja ime. I them se kështu si ia ka nisur, me këso pyetjesh për mesazhe, nuk ka për të dalë askund ose, edhe nëse del, do të dalë në një shteg të shkretë: përrallës nuk i kërkohet llogari! Vetja ime bie dakord me mua dhe heshtim...

## *DIALOG ME HAIKON*

- Pse ndjehesh kaq i lodhur? Kam disa orë që të puth dhe nuk të hapen sytë. Duket se natën e mbrëmshme e ke kaluar me ndonjë femër. Pse nuk më tregon se çfarë bën kur nuk je me mua?

- Haiko, ti po tregohesh e padrejtë. Është kushedi e sata herë që vjen në dhomën time pa më pyetur. Nuk e di se deri kur do të vazhdojë kjo lloj marrëdhënie. A nuk është më mirë të më tregosh se kush më ka kërkuar?

- Po ti duhet ta dish. Dje në mbrëmje ke qenë në një muze. A nuk të bëri përshtypje mungesa e një ekzemplari, një krijese me lëkurë ngjyrëbujashkë, që ka qenë e ekspozuar atje?

- Ne duhet të kishim folur për atë krijesë edhe më përpara, pse ia qëllove sonte?
- Sepse ajo krijesë, reliktja më e çmuar e atij pavijoni, është arratisur. Populli juaj ka qejf të arratiset. Ka qejf të largohet. Me çdo lloj çmimi. Nuk ka rëndësi për popullin tënd edhe nëse ky çmim është vdekja. Fundja, çfarë është vdekja për ju? Se mos jeta juaj ka ndonjë vlerë më të madhe?!
-Unë nuk të kam folur asnjëherë për japonezët kështu. Zakonisht nuk i flas askujt keq për popullin e vet! Por ti s'ke faj, se kurrë s'mund ta marrësh me mend se çfarë sakrificash na janë dashur ne si popull për t'i shpëtuar asimilimit.
- Kot i keni harxhuar ato energji, më mirë të ishit asimiluar. Do të kishit më shumë shanse.
- Ke marrë përsipër të flasësh për gjëra që kurrë më parë nuk ke folur, aq më tepër edhe të më fyesh. A mos po sheh ëndërr sikur jam shërbëtori yt?
- A mos ke parë ti ndonjë ëndërr, ku të është dukur vetja si shërbëtori im?
- Mirë, e zëmë se unë e kam parë një ëndërr të tillë. A kujton se një gjendje e tillë e punëve zgjat përjetësisht?
- Çfarë?! Po më kërcënon se do të bësh revolucion për ta përmbysur "një gjendje të tillë të punëve"?
- Me ty ka ndodhur diçka e çuditshme. Ndoshta edhe me mua.
- Çfarë të duket se ka ndodhur me mua?
- Po ja, je bërë më trimëreshë, flet pa teklif, nuk

je askund ajo e para, se si ishe kur të kam njohur, e druajtur, e brishtë...

- Fol, fol, se kam dëshirë të të dëgjoj!
- Mos u mundo ta zbutësh situatën. Më mirë është të më tregosh se kush më ka kërkuar.
- ...!
- A nuk më the një natë se dikush më kërkoi?
- Po të thashë, por ai nuk do të të kërkojë më... as ty, as mua!
- Pse, është penduar?
- Ti je naiv!
- E çfarë del nga kjo?
- Nga kjo del se ti nuk kupton asgjë!
- Do të isha i lumtur sikur të ishte ashtu. Fatkeqësia ime është se kuptoj shumë gjëra në një botë që s'më kupton dhe s'ka nevojë për njerëz si puna ime. Unë nuk jam i shkathët. Nuk e kap momentin, si i thonë. Mjerimi im shtohet aq më tepër nga fakti se arsyetoj dhe jam jo rrallë i zoti të parashoh se çfarë mund të ndodhë edhe pas disa kohësh.
- Mos u bëj i pasinqertë! Ajo që të mungon më tepër është parashikimi.
- Qëkur ke filluar t'i dish punët e mia më mirë sesa i di unë vetë? Ka mundësi të jetë edhe ashtu si thua ti. E sheh? U dorëzova!
- Mirë, a mundesh të parashikosh vdekjen time?
- Ti po tallesh. Do të ishte më mirë t'i kthehemi bisedës aty ku e lamë.
- Ne e kemi lënë bisedën në nja dhjetë vende. Ku

do ti që të kthehemi?

- Unë dua të di kush më kërkon, Haiko. Nëse është monstra, nuk kam dëshirë t'ia shoh surratin, nuk ia duroj dot mënyrën e të folurit prej fodulli, si të ishte jashtëtokësor. Me atë fjalor banal, si të ishte rritur në Bronx. Qartë! Atij s'dua t'ia shoh bojën!

- Mirë, mirë. A të ka rastisur të shkosh natën nëpër varreza? Fundja a të ka rastisur të varrosësh ndonjë njeri në jetën tënde?

- Po, kam varrosur gjyshen time. Bashkë me të më vdiq edhe një përrallë, por kjo s'ka lidhje; më premtove se do t'i ktheheshim bisedës aty ku e lamë.

- Jemi pikërisht aty. Na duhet vetëm një arkivol i vogël prej letre, që ta varrosim edhe këtë bisedë. Shumë gjëra i kemi varrosur e do t'i varrosim bashkë. Pas vdekjes vjen jeta, pas jetës vdekja; nuk e ka gjetur kush as fillimin, as fundin.

- Edhe ty Haiko, nuk të gjendet as fillimi, as fundi.

## *LETRA E NAJOBIT*

"I dashur, më ka marrë malli. Pas atij takimi, e kam vendosur: do vij me ty dhe pikë.". Duke e lexuar letrën, menjëherë pyes pse është kaq kategorike: "pikë"? Gjej më poshtë në letër edhe arsyen: unë paskam qenë ai, që ajo ka kërkuar gjithmonë në ëndrra. Ky më duket si arsyetim gjimnazistësh. Po të kishte thënë diçka më të zgjuar, ndoshta do t'ia vlente ta merrja me vete edhe në parajsë, po aq sa edhe në ferr, ku, unë me këtë gjendje mendore që kam, më duket se do të nisem së shpejti. Më bëhet t'i them se, nëse është e gatshme të sakrifikojë edhe jetën për hir të dashurisë që e ka zënë me mua, të marrë një gozhdë të madhe, të ndryshkur dhe ta ngulë mu në kraharor. Përpara se të bëjë këtë, të marrë një copë letër, ku të rrëfejë se këtë gjë e ka bërë nga dashuria për mua; së paku kështu nuk do të vdesë anonime. Nuk do të mbetet qosh gazete pa e përshkruar dashurinë e llavtë. Natyrisht, kryeredaktorët e gazetave erotike do të hanin bukë për rreth tre muaj me këtë histori. A nuk është fisnike që edhe me vdekjen tënde t'i ushqesh të tjerët? Nëse ajo i ka dy pare mend në kokë, para se të vrasë veten, do të pyesë: ia vlen apo jo?

Unë mund ta bind që jo. Zakonisht, për gjëra të pavlefshme nuk jap argumente, por kjo nuk më pengon të harxhoj pak oksigjen sa për ta bindur Najobin se ajo që ka vendosur të bëjë nuk është normale. E di që ajo do të më kundërshtojë, duke thënë se nuk jeton dot pa dashurinë time. Ky është një argument që edhe mund të më lëkundë. Para se të dorëzohem, më duhet të harxhoj edhe aq frymë sa do t'i duhej një pëllumbi për të shpëtuar nga ngordhja prej insuficiencës koronare e t'i them Najobit: nëse ti nuk jeton dot pa dashurinë time, pse nuk e mban atë mbi dhe e të më lësh mua të vdes, të shkoj në ferr i qetë? Apo mos do të thuash se nuk e kupton dot dashurinë time pa organet e mia seksuale? Shumë bukur. Mbaji edhe ato! Janë gjëja që më së paku do të më hyjnë në punë në atë botë, për të cilën jam nisur dhe, kam përshtypjen, ndoshta të gabuar, se për në këtë botë ku jetojmë janë gjëja më e rëndësishme. Dhe, të lutem, mos ma qaj hallin fare. Më vjen zor kur dikush ma qan hallin. Nuk jam bërë për të ma qarë njeri hallin. Tash që truri nuk më punon si më parë, vullnetarisht e kam zgjedhur atë rrugë. Nuk më mbetet merak as zyra që do të mund të zija pasi të kthehesha në vendin tim. S'jam nga ata që u del shpirti për pak zyrë. Të them të drejtën, zyrat janë gjëja që më ngelet më pak merak në këtë botë, ku shndrit dielli. Ato më duken si ca vende ku njerëzit kryejnë nevoja e, për të mos i injoruar njëanshmërisht, janë edhe vende ku nganjëherë kryhen punë me dobi shoqërore, gjë që ndihmon në vendosjen e disa ekuilibrave të domosdoshëm. Është njëlloj si mbajtja e ekuilibrave biologjikë. Prandaj edhe partitë e blerta, jeshile, bojë bari, ekologjike janë të rëndësishme dhe nuk ka gjë më lezet sesa të jesh kryetar i një partie të tillë. Ky lezet qëndron në faktin e mbajtjes së vulës. Të kesh një vulë ekuilibrash ekologjiko-biologjikë s'ka kënaqësi më të madhe. Ti mund të kesh provuar orgazma me mua atë natë, por ajo farë kënaqësie as që ka të krahasuar me atë të mbajtjes së vulës së ekuilibrit. Ti e ke marrë vesh që unë jam njeri modest e nuk ma vë shumëkush në pullë për ato që them, por kjo s'më ka penguar që t'i them deri në fund gjërat që më duken se duhen thënë. E di që ka nga ata njerëz, që realisht duhej t'i kushtonin vëmendje fjalëve të tilla dhe që nuk u çon peshë kjo punë, me sa i çon peshë lumit Nil fakti që dikush ka bërë shurrën në të.

Për mua, e rëndësishme është që, nëse dikush bën analizat e lumit Nil, do të hetojë se në të ka gjurmë të shurrës së dikujt. Nuk është pak kjo për një lumë aq të madh e natyrisht që edhe mua më mjafton ky fakt. Pastaj Nili le të rrjedhë i qetë bashkë me shurrën e atij tipit, lugina Xo Gu në Kinën juglindore le të ndërtojë e qetë sistemin politik që ka zgjedhur, lesbiket të bëjnë dashuri me organin e vet pa kokëçarjen dhe tundimin e organit të kundërt seksual. Edhe një spiun i vogël, me emër të mundur që në lindje, le të bëjë kërdinë mbi atë njeriun e ditur, që nuk ia ka idenë se ekzistojnë edhe qenie të tilla, me emër të mundur që në lindje, të afta ta nisin atë me hap rreshtor e këngë në gojë drejt e në orizore ose në fushat e mbjella me sojë.

Me njëherë të vetme që jemi takuar ne, ti nuk ke pasur mundësi të hetosh që unë endem me një arkivol të vogël prej letre nën sqetull. Ndoshta edhe e di! Në këtë botë të vogël nuk ka më gjëra të fshehta. Sekrete. Jo rrallë në atë arkivol kam varrosur fluturat që i kanë djegur krahët në llambën e nxehtë. Është simbolik ai arkivol dhe mua nuk më pëlqen t'i shpjegoj simbolet, jo se nuk jam i zoti t'i zbërthej gjithë domethëniet e tyre, por kjo nuk është kohë në të cilën gjërat mund të lihen jashtë vetes. Është e rrezikshme të shpjegosh simbole këto kohë. Pastaj, simboli që shpjegohet, nuk është më i tillë. Më vjen keq edhe për të. Siç e shikon, e dashur, unë nuk jam mirë nga trutë e kokës, fat që ti nuk e ke. Ti arsyeton shëndosh në këtë botë të shëndoshë. Unë arsyetoj rrëmujshëm dhe bota po ashtu më duket. Në kohën e jo rrëmujave unë arsyetoja jo rrëmujshëm dhe kjo gjë u pëlqente disa njerëzve, të cilët, kur e organizuan botën në një formë të re, më të rrëmujshme se të parën, filluan të mos i pëlqenin më arsyetimet e mia. Kjo nuk ka pikë rëndësie. Unë përgjithësisht nuk arsyetoj për t'i pëlqyer dikujt apo për të mos i pëlqyer dikujt tjetër. Nejse. Ti thua se do të vish me mua dhe pikë. Ku do ti që të shkojmë? A shpreson se arkivoli im i vogël, prej letre, mund të na zërë të dyve?

Në këtë çast ndalon përroi i mendimeve të mia dhe filloj leximin e letrës. Ajo flet për diçka krejt tjetër. Për një krim. Edhe unë jam, edhe Haiko, edhe monstra. Sipas saj, dy prej nesh kanë vdekur, njëri është përsëri gjallë, si dhe mungon një varr për njërin prej të vdekurve.

## *FATE QENSH TË NDRYSHËM*
*-qen treshi-*

Kur vetja ime po mendonte për qenin e fqinjit, më tepër mendimet e tij ishin lidhur me fatin e një burri plak, që shoqërohej me qenin e fqinjit të vet. Ai ishte një plak i çuditshëm dhe është fakt që komshiu i tij nuk bëhej xheloz për qenin i vet, që shoqërohej më tepër me atë sesa me të zotin. I ishte dukur e kotë edhe t'i thoshte plakut se ia kishte falur atë qen. Çfarë t'i thoshte? Plaku jetonte vetëm dhe qeni ishte miku i tij më i ngushtë. Bukën e siguronte duke bërë përkthime nga të gjitha gjuhët e mundshme të globit, pasi thuhej se nuk kishte shkronjë të bërë nga dora njerëzore, që ai plakush nuk ia dinte kuptimin. Herë-herë u kishte thënë vetë qytetarëve se disa lloj dokumentesh nuk do t'u hynin në punë kurrë, pasi këta që kanë fituar luftën, nuk ua vënë veshin dokumenteve, por urdhrave e ligjeve të tyre. Qytetarët, edhe për kuriozitet, por edhe për ta ndihmuar, medemek u kishte bërë një nder të madh, i dërgonin për përkthim dokumente që i kishin trashëguar gjysh pas gjyshi nga gjuhë të vdekura e të gjalla, shkruar e vulosur nga qeveri, noterë, gjykatës, zyrtarë kadastre, jo vetëm të qeverive që kishin udhëhequr në qytetin tonë, por edhe atyre të huaja. Kështu plaku e fitonte në mënyrë të ndershme bukën e pakët. Banonte në qilarin e ish-konsullatës së një shteti, që shquhej për prodhimin e verërave. Kishte lagështi atje, por ai ndizte zjarr me krandet e mbledhura në brigjet e lumit të qytetit tonë, që rridhte rrëzë një kështjelle, e cila dikur ishte bërë tmerr për disa njerëz të pahijshëm për Europën e hijshme. Ata njerëz vërtet ishin një perandori, që më vonë bëri hyqëm në qytetin tonë për nja katër-pesë shekuj të mirë e u largua veç se ishte mërzitur së sunduari, ishte dembelosur tepër duke bërë punët e të tjerëve. U tërhoq duke lënë prapa jargët ngjitëse të dembelisë, erën e rëndë të kalbësirës, si dhe neverinë e rrëmujshme të një ikjeje të turpshme. Nejse, vetja ime po fliste për plakun, bukën dhe mikun e tij, qenin e vockël të fqinjit të plakut. Në atë zjarr shëndetlig, plaku thekte bukën me të cilën mbante gjallë frymën e tij dhe të qenit, që nuk i ndahej. Viteve të fundit, njerëzia e humbi shpresën se dokumentet e përkthyera mund t'i përdornin ndonjëherë e, edhe nëse kishin të tjera, nuk deshën t'i përkthenin. Shumë prej tyre i humbën apo i dogjën fare nga frika. Thuhej se plaku mbante shënime në një gjuhë që s'merrej vesh e këto fletushka të shkruara, pasi i rraste nëpër shishe të taposura mirë, i hidhte në lumin e qytetit tonë. Lumi rridhte diku në det dhe ai kishte shpresë se një ditë ato do të mbërrinin në botën e madhe, në atë botën, ku thuhej se plaku kishte studiuar. Peshkatarët e qytetit, duke u endur me varkat e tyre të munduara në rrjedhën e butë të lumit, i kapnin shpesh ato shishe, i hapnin dhe talleshin me plakun. "I shkruan të dashurës", thoshin, pa e kuptuar përmbajtjen e letrave. Në këtë pjesë të lumit shkonte shpesh edhe plaku bashkë me qenin e tij. Ulej buzë ujërave dhe njomte kafshatat e thara të bukës në ujërat e kristalta. Thoshin se njëherë e kishin pyetur se çfarë bënte ashtu e ai ishte përgjigjur thjesht se ngjyente bukën në lëng peshku. "Dhe vërtet, a nuk është uji lëngu i peshqve?", arsyetonte vetja ime.

Nuk kaloi shumë kohë dhe i gjithë qyteti mbërriti

në atë ditë sa nuk kish me çfarë ta njomte bukën. Atëherë u shfaqën pyetje të tilla, si: "A ke pasë me çfarë ta njomësh bukën?", "A ke pasë lugë kosi për ata fëmijë?", "A po mundeni me hangër bukë?" e të tjera të këtij lloji, që vetja ime s'ka për t'i harruar kurrë. Plaku erdhi e u stërvjetërua. Nuk dilte shpesh. Atë kore buke, që shpesh ia sillnin në qilar, e brente ngadalë gjatë gjithë ditës, që të mos i mbarohej. Në qilar kishin filluar të shtoheshin minjtë dhe kjo e shqetësonte plakun. Vërtet, gjatë ditës ata nuk guxonin t'i afroheshin, pasi kishte aq fuqi sa t'ua thyente gjymtyrët me shkopin gjithë nyje. Kur vinte nata, ata zotëronin gjithçka në qilar. Sa më shumë vjetrohej plaku, aq më tepër majmeshin minjtë. Ai kish filluar të habitej me ta. Ku e gjenin ushqimin që u rritej barku e u shkëlqente qimja në atë farë feje? Siç e mori vesh vetja ime, natën, minjtë i afroheshin plakut hajdutçe, ia rrëmbenin kotheren e bukës e, si për kunj, nuk e hanin, por loznin me të, duke u tallur me urinë e tij.

Plaku sajoi gjithfarë lloj kurthesh, por ato nuk pinë ujë. Qeni i rrinte pranë, indiferent, sikur nuk kishte rol në këtë pjesë. "Më mirë të ishe maçok", i tha një ditë plaku. Kështu filloi ndarja e madhe. Qeni uli kokën në fund të qilarit. Nuk i bëhej të lehte. Nuk i bëhej të lëvizte, t'i mbështillej nëpër këmbë e t'i përkëdhelej plakut, siç bënte gjithmonë. Plaku, për të shpëtuar nga minjtë, filloi të mjaullinte e kjo natyrisht e mërziste qenin. Plaku mjaullinte natë e ditë e minjve nuk ua mbajti më bytha të livadhisnin si ua kishte ënda, aq më pak t'i afroheshin atij. Pas disa kohësh, në qilar u shfaq një katundar me një tapi toke të vjetër. Ai iu lut plakut që t'ia përkthente. Ky e mori dokumentin e vjetër e në anën e pasme të tij shkroi: "Mjau, mjau, mjauuu, mjaaaaauuuu mjaauuu, mjauuuu!".

Pasi mjaulliti kështu nja dy-tri herë edhe me zë, dha shpirt. Në varrimin e tij mori pjesë katundari, qeni dhe një mësues fshati, i cili u përjashtua menjëherë prej pune për këtë gjë. Vetëm pak ditë më vonë, qeni i plakut, që kish qenë dikur i fqinjit të tij, u gjet i ngordhur buzë një rrugëze që të çonte në ish-strofkën e plakut. E morën dhe e hodhën buzë një kanali, ku shumë shpejt u shndërrua në skelet prej mizave, krimbave e zogjve mishngrënës.

# DOSJA "MIOPI" 373/a

*-vazhdim i shënimeve të gjetura për Ha.Fi-në-*

Kur arriti në shtëpi, preku veshët e kallkanosur me duart e ngrira. Rastësisht u ndal para pasqyrës dhe guxoi të hidhte një shikim. "O zot, a është kjo koka ime?! A janë këta veshët e mi?!". Dy veshë të mëdhenj, si llapa zagari, ia çorodisnin kokën në atë mënyrë sa ai nuk besoi se ishte koka e tij. Pati frikë t'i prekte veshët, se mos i thërrmoheshin si kalaveshë të ngrirë rrushi. Kurrë më parë nuk i kishte shkuar ndër mend të vëzhgonte ndryshimet që kish pësuar gjatë jetës. Shumë vite më parë i kishin thënë se i ishte rritur mëlçia dhe arsye për këtë, nënvizuan mjekët, kishte qenë një verdhëz e fshehtë dhe përdorimi i alkoolit pa masë. Ia kishin shpjeguar edhe mekanizmin biologjik të asaj patologjie: hepatocitet, nga veprimi i alkoolit, kthehen në adipocite, qeliza të mëdha dhjamore, që nuk janë të afta të metabolojnë substanca të tjera organike, që kalojnë përmes mëlçisë. Po mendonte se cili mund të ishte mekanizmi fizio-biologjik i rritjes së veshëve. Nuk arriti të gjente krahasime me mëlçinë edhe pse kurrë nuk i kishte besuar atij shpjegimi të mjekëve këtu e para njëzet vjetësh. "Ndoshta kot shqetësohem", mendoi, "veshët mund të jenë rritur nga të ftohtët e madh". Pak më vonë, gjithë ai shqetësim iu duk një ngulitje e kotë, si rezultat i mendimeve të mbrapshta që e kishin kapluar kohëve të fundit.

Kishte parë edhe ëndrra, nëpër të cilat shquante aty-këtu fytyra, që dikur i kishte njohur e tashmë kishin vite që kalbeshin burgjeve. Megjithatë, prapë kishte frikë t'i prekte veshët e vet. Nuk mund ta pranonte që i ishin rritur aq shumë. Pasi mbylli derën nga brenda, nxori nga sirtari i komedinës një album të vjetër fotografish,. Filloi të krahasonte madhësinë e veshëve në raport me kafkën, që ditën që kishte dalë për herë të parë në fotografi, para tridhjetë e dy vjetësh.

Fotografitë e viteve të para ishin të pakta, megjithatë ai mundi të shquante se nuk kishte pasur ndonjë ndryshim të madh, me përjashtim të rrallimit të flokëve. Në disa fotografi masive, dalë me shokët e punës, prapë nuk arriti të zbulonte ndonjë gjë të madhe, pasi figurat ishin të vogla e herë-herë edhe të fshehura pas supesh e kokash të të tjerëve. Në një fotografi të madhe, e mbante mend, e kishte bërë për këndin e emulacionit të ndërmarrjes si punëtor i dalluar, vërejti se rrudhat i ishin shtuar, ndërsa veshët për çudinë e tij i kishte gjysmë të mbuluar me flokë. "Duket s'kam pasur kohë për t'u qethur nga punët e mëdha". Por, gjithsesi, përveç rrudhave dhe syve të futur pak në gropë, nuk kishte ndonjë ndryshim tjetër. Veshët i kishte pasur në përpjesëtim normal me kafkën. Filloi të merrte zemër dhe gati sa nuk i ngriti duart për t'i prekur veshët. E ndërpreu këtë lëvizje. U ngrit edhe njëherë para pasqyrës. Veshët i kishte... për faqe të zezë!

Vazhdoi të shfletonte albumin si i marrë, pa vënë re më ndryshime të tjera, veç veshëve. Në fotografitë e pesë-gjashtë vjetëve më parë, arriti të zbulonte se veshët vërtet kishin filluar t'i rriteshin. Ata vinin gradualisht duke u zmadhuar nga njëra fotografi në tjetrën. Kjo periudhë përkonte me rritjen e aktivitetit të tij si bashkëpunëtor i shokut S.S. Veshët sa vinin e i llapushëroheshin në përputhje edhe me intensitetin e përgjimit. Viteve të fundit, që kur kishin filluar ta linin edhe sytë, kishte harxhuar orë të tëra për të marrë vesh një fjalë poshtë ballkoneve, dritareve, pas dyersh, pas pareteve të holla prej dërrase të barakave. I kishte qëlluar të përgjonte edhe nëpër dhoma bashkëshortore, ku përmes psherëtimave të parëndësishme i duhej të zgjidhte ndonjë "xhevahir" për t'ia kënaqur zemrën shokut S.S. Përgjithësisht, ai përgjonte njerëz që vuanin nga "sindroma e degradimit të sistemit shoqëror" dhe jo rrallë ngarkohej edhe me detyrë për të përgjuar njerëzit "tanë", siç shprehej shoku S.S. Edhe ata nuk ishin të imunizuar nga infeksioni. Më së fundi, duke bërë krahasimet e fotografive, vërejti se veshët e një fotografie të bërë para njëzetë e shtatë vjetësh, ishin në mënyrë dramatike më të vegjël sesa ata të fotografisë së bërë para dy-tre vjetësh.

Vrau mendjen gjatë gjithë mbrëmjes, duke qëmtuar në dijet e tij shkencore se mos gjente mekanizmin fiziologjik, hormonin që stimulohej nga profesioni i përgjimit dhe që mund të ndikonte në rritjen progresive të veshëve. Ishte e pamundur. Ndodhej para një fakti të trishtueshëm: veshët i ishin rritur në mënyrë të paimagjinueshme dhe atij i duhej ta pranonte këtë gjë. Ideja për t'i djegur të gjitha fotografitë iu duk e kotë. Ishte i bindur se fotografitë ishin në dy ose më shumë kopje dhe ai nuk mund t'i mblidhte copë për copë. Me shpirt të thërrmuar u përmbys në krevat, duke rrethuar veshët me krahë, pa guxuar përsëri t'i prekë me pëllëmbë. Ishte gati në gjumë, kur dëgjoi të lehura qensh. Në mes tyre shquajti lehjen e hollë të një zagari gjahu. Pas pak të lehurat u shuan dhe më vonë shpërthyen befas me zë më të lartë. Atij iu duk sikur i kishte në rrënjë të veshit. Fillimisht nuk mundi të shquante gjithë kopenë e qenve, por vetëm nja dy-tre qen u shfaqën në një lëndinë rrethuar me drurë të lartë e shkurre. Pylli ishte veshur me një mjegull të hollë e të kaltër, si fustanet e gjumit të vajzave ëndërrtare. Lehja e zagarit dëgjohej tashmë solo, një kuisje e shtjerrtë, që të kallte mishin. Zagari u vendos së fundi në mes të lëndinës, ndërsa qentë e tjerë dëgjoheshin larg, siç i dëgjon udhëtari i vonuar lehjet e qenve të fshatit, sapo ngjitet në kodrinën e fundit. Zagari angullinte i ulur në bisht. Atëherë, nga qoshja e pyllit, aty ku ujërat e shirave kishin krijuar një pellg, mbushur me myshqe e gjethe të rëna, u shfaqën dhjetëra e qindra njerëz gjysmëskeletorë. Ata tërhiqnin pas vetes zinxhirë e pranga të kalbura nga lagështia e qelive dhe gjaku i rrjedhur prej plagëve të pashpirta. Pezull, në ajër, rrinin ca zogj të zinj, të ashpër, si prej metali, duke lëshuar krrokama të ndryshkura e ndjellakeqe. Një ulërimë e vjetër, përzier me vaje fëmijësh, kukuma grash e nënash rrobëzeza, i hyri pyllit si një re e kafenjtë, e rrastë. E gjithë kjo, përzier me rrapëllimën kërkëllitëse të zinxhirëve, ngrihej në kupë të qiellit e fill përplasej me vrull shurdhues në tokën e lagësht.

Zagari vraponte e s'ndalej, gjaku, loti, dhimbja kullonte, rridhte e s'pushonte, mjegulla mblidhej, përdridhej, shpërndahej, por nuk zhdukej, zogjtë e ashpër krrokatnin, glasonin e s'luanin vendit, ofshamat dhe lotët ngrinë në ajër si statuja kristali pa formë. Kësaj turme të gjurulldishme i printe 205-a. Ai thërriste më shumë se të gjithë:

"Kapenizagarin, kaapeeennìii, kaaappeeeeeniniiiii!".

Zagari ikte, kafshonte ajrin dhe i digjte, kafshonte drurët dhe e përvëlonin, kafshonte veten e i dhimbte, nga prapa turma skëterrore s'ndalej, por e ndiqte. Për një çast, gjithçka ra në heshtje. Pas këtij hopi shpërtheu një stërqeshje e llurbtë si baltërat e lagura të nëndheut. Turma e ndalur tregonte me gisht zagarin, veshët e të cilit u gozhduan befas në dy kunja të mëdhenj dhe trupi i kacavarej në ajër duke i shkaktuar dhimbje të thella në rrënjë të veshëve...

Ha.Fi-ja u ngrit prej gjumit dhe vërejti se po i shtrëngonte veshët me një pashpirtësi çnjerëzore. Donte të mos e kishte parë hiç atë ëndërr. Para pasqyrës vëzhgoi veshët. Llapat i ishin skuqur dhe i vareshin si mish i mplakur, i huaj.

Nga gardëroba nxori një kokore të vjetër uralesh dhe provoi të mbulonte veshët. "Mirë tani që është dimër, po verës si do t'ia bëj? A mbahet kokorja e leshtë edhe në verë? Po sikur t'i shtrëngoj me leukoplast gjatë dimrit, a do më rrinë ngjeshur pas kafkës gjatë verës?". Ai nuk mund të duronte që të tjerët ta thërrisnin "llapush" apo "veshzagar", aq më keq që ata veshë mund t'i dekonspironin edhe profesionin. Përgjuesit kanë filluar të urrehen dhe, mënyra më e mirë për t'i identifikuar, ishte t'u vëzhgoje madhësinë e veshëve.

Një mendim i përgjakshëm i vetëtoi nëpër tru. Veprimet i kreu shpejt nga frika se mos pendohej. Uji valoi për dhjetë minuta, sterilizoi një brisk rroje dhe pa bërë as gëk, as mëk, të dy veshët përfunduan në legen, në një pus gjaku të zi e viskoz. Pasi vuri disa garza të pastra e bëri fashimin e plotë të kokës, u pa në pasqyrë. Megjithëse dhimbjet ishin të mëdha, ndihej i qetë.

Rreth mëngjesi, kur dhimbjet filluan t'i fashiteshin, mendoi se edhe prerja e veshëve nuk kishte qenë ndonjëfarë zgjidhje. Njerëzia do ta pyesnin: "Ku i ke llapat e veshëve, mor Ha.Fi.?". Shpejt gjeti edhe justifikimin: "M'i prenë doktorët nga frika e një infeksioni kanceroz që më kishte filluar". Njerëzve do t'u vinte keq e, padyshim, do ta linin në punë të vet.

Kur po çelte drita, dukej i kënaqur nga puna e

paqme që kishte kryer. Edhe pse me dëgjueshmëri të ulur prej mungesës së llapave dhe fashave të shumta, që kalonin mbi vrimat e veshëve, ai mundi të dëgjonte lehje qensh rrotull shtëpisë. "Duhet t'i kenë kollofitur llapat e veshëve, dëshminë e së kaluarës sime si përgjues", u ngushëllua.

Vite më vonë, kur hapur flitej për ndryshimin e rendit ekonomiko-shoqëror, ai gati u pendua për atë që kishte bërë. Kishte filluar të bindej se profesioni i tij do të ishte i dobishëm, madje i pazëvendësueshëm për të gjitha sistemet. Ai ishte thjesht një specialist. Kjo, natyrisht, është krenari dhe jo faj!

## *DY FJALË PËR VETEN TIME*

Kur mbaroi gjimnazin, vetja ime lexoi në mbrëmjen e maturës disa poezi që u duartrokitën nga të gjithë. Drejtori i shkollës na thirri mënjanë dhe na tha që t'ia jepnim ato poezi. Vetja ime ia dha. Ai nuk na i ktheu më kurrë. Atë natë u dehëm, tapë. Jo vetëm unë dhe vetja ime, por pothuaj të gjithë djemtë e klasës. Po festonim lirinë tonë: të nesërmen do të gjendeshim mes katër rrugëve. Dëftesat e pjekurisë ishin firmosur.

## LIBRI IM

E kisha vënë re prej kohësh se më duhej një vizitë mjekësore. Diçka e rëndësishme nuk funksiononte normalisht në organizmin tim. Nuk ishte thjesht gjumi, i cili ka vite që nuk e ndjen veten mirë kur më afrohet. Kam turbullime të tjera, të natyrës psikopatologjike.

Fillimisht u përpoqa ta bind veten time se nuk është ndonjë turp i madh, madje nuk është fare turp të vuash nga sëmundje të tilla. Ka sëmundje shumë më vulgare prej të cilave vuajnë njerëzit. Më fisnike është të sëmuresh në trutë e kokës. Nuk ka truthare e injorantë në këtë botë që të kenë vuajtur nga sëmundje mendore. Jo, ata vuajnë nga scabies, nga heqja e barkut, nga ndonjë thartësirë në stomak e u ndodh që të thyejnë këmbën, t'i pickojë gjarpri ose të helmohen nga ushqimet. Kështu që unë ndjehem krenar për sëmundjen time, veç më duhet të kujdesem për shërimin e saj.

Përpiqem të gjej edhe shkaqet. Fillimisht, më duket, kanë ndikuar faktorë të tillë, si: mërzia, vështirësia për t'u mësuar me jetën e këtyre të tjerëve, që ndryshon aq shumë nga e jona. Pastaj zhytja e thellë në arsyetime se si mund të përmirësohet jeta jonë, shtigjet e errëta e me theqafje të pashpresa të asaj rruge, mungesa e sigurisë se mund të bëj diçka edhe pse kam forca, energji, dije e vullnet. Edhe po të bëj diçka, kam frikë se kokrra më fatlume e injorantit ia vë minat për një sekondë punës time dhjetëra vjeçare, duke u kënaqur nga tymi, pluhuri e gjurmët e lotit në shpirtin e faqet e mia.

Gjithçka di e kam mësuar pa dëshirë, nga frika se dijet kurrë s'do të më hyjnë në punë. Qyteti im i lindjes është rrasur në plehra deri në arrëz të fytit, njerëzve të tij ua ka ënda gjakun si të ish verë e vjetruar. Dehen në mes të ditës e shtrihen në pluhur pa përtuar. Më shumë se dy-tre mijë qen shëtisin rrugëve bashkë me njerëzit. Koha për t'u kthyer po afrohet e truri im nuk punon si duhet. Qosheve të tij të errëta leh një dhimbje që s'mund ta përshkruaj.

Kur rri shtrirë, ndjej një mpirje në gjymtyrë; bëj përpjekje të lëviz dorën, këmbën apo gishtin, ato nuk luajnë vendit. Duket se gjaku, sipas një urdhri të magjishëm, përton të furnizojë pjesë të trupit, që për çastin, i duken të panevojshme. Përqendrohet vetëm në tru dhe në zemër, sa për t'i mbajtur gjallë, duke realizuar kështu një mrekulli. Sikur t'i tekej, për shembull, të merrej vetëm me këmbët e mia, që s'pushojnë së ecuri, do të kisha ecur vallë pa gjak në zemër e në tru?

Të gjitha këto i bisedoj me një doktor plak, që më shikon habitshëm e më pyet herë pas here: "Pse?". Herë i jap përgjigje e herë jo. Jo se nuk e di, por përtoj, më duket e panevojshme. Më pyet më vonë për gjumin. I kallëzoj që kemi armiqësi të vjetër, nuk pajtohemi kollaj. Edhe kur bëjmë sikur jemi pajtuar e mashtrojmë njëri-tjetrin për ndonjë gjysmë ore e pas kësaj vazhdon përsëri urrejtja. Ai më gjuan me ëndrra të pashoqe, unë i përgjigjem me pagjumësi të zgjatur. Ai s'ka çfarë të më bëjë kur jam zgjuar, veç tregohet përbindësh i pamëshirshëm sapo bie në prehër të tij. Më ngul në thelb të trurit majën e mprehtë si turjelë të ndonjë ëndrre, të cilën s'kam fuqi ta shpjegoj. Madje nuk jam i zoti të ndaj nëse ato çfarë shoh, ndodhin në ëndërr apo në realitet.

"Çfarë pi zakonisht?", më pyet mjeku.

"Zakonisht pi ujë", përgjigjem.

Ai ma sqaron pyetjen edhe njëherë e unë i përgjigjem sipas variantit të ri.

Kur më pyet se cila ka qenë ëndrra e fundit që kam parë, më zë ngushtë e unë, natyrisht, nuk jam i zoti t'i përgjigjem. Ai më thotë se kjo është e rëndësishme jo vetëm për terapinë, por edhe për prognozën. Unë i them se e kuptoj rëndësinë e pyetjes, nuk më mbetet gjë pa kuptuar për arsye të peshës së rëndësisë, më së shumti gjërat nuk i kuptoj kur janë të lehta e të parëndësishme. Ai më thotë:

"Pra, ti i konsideron ëndrrat të parëndësishme?".

"Jo", i them unë, "Të mos bëjmë lojë fjalësh. Puna është se ëndrra e fundit që kam parë ka lidhje me të gjitha ëndrrat e tjera të mëparshme dhe unë nuk e di mirë se cila është e fundit dhe cila e fillimit.".

Ai pajtohet me mua dhe më thotë se nuk ka rëndësi, por kërkon t'i tregoj njërën prej tyre. Këtë metodë të pyeturi e kam urryer gjithë jetën. Kur isha i vogël e mezi merrja veten time për dore, mësuesit na pyesnin, bie fjala: "Çfarë di ti rreth pyllit?". Çfarë pyetjeje është kjo? Po a ka zot që dijë të kallëzojë se çfarë mund të dijë një njeri për pyllin? Në fund të fundit, kam dhënë kësi tip përgjigjesh: di që pylli është pyll. Po doktorit çfarë t'i thosha? Ti thosha që njëra prej tyre është ëndërr si gjithë të tjerat?

"Kujtohu", m'u lut mjeku, "Ke parë ëndrra me ndonjë vajzë, me ndonjë krijesë të frikshme, me zjarr, apo me diçka të këtij lloji?".

"Kam parë ëndërr me një letër", i them.

"Si ishte letra?".

"E shkruar", përgjigjem.

"E lexove vetë, apo ta lexoi ndonjë zë?".

"Herë unë e herë zëri.".

"Çfarë zëri ishte?".

"Zë njeriu.".

"A je i sigurt?".

"Jo.".

"Për çfarë bënte fjalë letra?".

Për një krim në të cilin ishin përfshirë tre vetë, dy kishin vdekur, njëri prej tyre i vrarë, ndërsa tjetri kish vdekur përpara se të vdiste, për dy të vdekurit kishte veç një varr. Mbaj mend që dikush donte të më shoqëronte në përtej jetë, ndërsa një person që kishte ikur nga varri mplakej në një shpellë, duke ëndërruar bri ca pleqsh, që sikur kishin dalë nga Dhjata e Vjetër. Një natë kam mbajtur në kurriz një trup të lehtë dhe e kam gremisur në një varr afër një peme. Edhe në këtë ëndërr kam parë dy pleq të vegjël, me mjekra të mëdha. Në këtë ëndërr apo në një tjetër, më dukej sikur një grua donte të më vriste e të më varroste në dhomën e saj. Nuk e di pse i ishte fiksuar të mbante një burrë të vdekur poshtë krevatit.".

"Mirë, do të vish prapë javën tjetër.".

"Javën tjetër nuk jam këtu.".

"Ku do jesh?".

"Në vendlindjen time.".

"Është e domosdoshme të vish edhe disa herë të tjera.".

"Ndoshta, por më e domosdoshme është të kthehem atje.".

"E ke larg vendlindjen?".

"Nëntë male…".

Diçka nuk funksiononte normalisht në trurin tim, por ngaqë isha bërë i ndërgjegjshëm për këtë, gjendja më dukej si normale. Lashë doktorin e vjetër e ika pa ndonjë drejtim të caktuar…

Pas dy ditësh ndryshova dhomë, pa i treguar Haikos. Gjeta një moment kur ajo nuk ishte në apartamentin e saj, zbrita ashensorin, pagova qiranë pa lënë adresë se ku do të shkoja, thirra një çunak me ngjyrë të më ndihmonte për të mbajtur bagazhet, mora një taksi dhe u nisa në drejtim të aeroportit.

Ato pak ditë që më kishin mbetur, doja të isha larg atij apartamenti, kujtimeve me Haikon, monstrën, ëndrrat dhe llogaritjet e pafundme të kursimeve që ma kishin ngrënë shpirtin. Në fund të fundit s'kisha nxjerrë gjë në dritë, me përjashtim të atyre pak rrobave për nënën time dhe librave të rëndë, të cilat kisha pak shpresë se mund t'i lexoja ndonjëherë.

Zura vend në një hotel të lirë pranë aeroportit e gjithë pasditen e harxhoja në dritare duke parë ulje-zbritjet elegante të avionëve. Mezi prisja ditën kur do të nisesha. Ndjeva se truri po punonte jo fort keq, të paktën më mirë se disa ditë më parë.

# KËMBADORAZI DHE NGRITJA E NGADALSHME

Me veten time kisha filluar të flisja për gjëra më të rëndësishme. Pranonim tashmë arsyetime të pështjelluara e përpiqeshim me orë të tëra të gjenim ndonjë shteg. Kundërshtonim njëri-tjetrin e shpeshherë edhe të tjerët. Këtyre të tjerëve nuk u pëlqente një gjë e tillë, por edhe vetes sime nuk kishin se pse t'i pëlqenin të gjithë. Shpesh e humbitnim kohën edhe kot, me njerëz që nuk ia vlente, por vetja ime nuk guxonte të paragjykonte njeri. Jo. Bisedonim për orë të tëra dhe, së fundi, unë e pyesja veten: ia vlen të rrimë me këtë apo atë ndonjëherë tjetër? Kjo pyetje bëhej shkak për konflikte mes nesh. Për fatin e vetes sime, ne kishim përrallën, për të cilën të dy pajtoheshim se duhej vazhduar. Përralla kishte fuqi magjike mbi veten time.

Ishin ditët kur përralla kishte mbetur përgjysmë, priste vazhdimin, ashtu e ngrohtë, e butë dhe e paformë. Priste urtësisht të forcohej, të rritej, të pasurohej e natyrisht edhe të përfundonte.

Nuk kam pasur guxim t'i rrëfej disa variante, sepse ato janë zemëruar me veten time. Në këtë zemërim e kanë mohuar ekzistencën e vet, s'kanë dashur ta shohin dritën e diellit nga frika se nuk ishin përralla, por kallëzime të kota, fjalë të rreshtuara me zor, si ushtarët kokëqethur. Jam pajtuar me to. I kam varrosur në fund të harresës e ato nuk ngrejnë krye.

Kur ndonjëherë i thërras për ndihmë, përunjësisht më rikthehen në kujtesë e po kështu arratisen pa lënë gjurmë. Edhe gjoksorja e stolisur e gjyshes më shtynte, më nxiste çdo natë, shpejt më thoshte, po afrohet koha që do të të duhem për gjëra të tjera. Mbaroje përrallën! Po si mund ta mbaroja? Ajo ishte bllokuar në një çast të rrezikshëm. Dukej sikur vetë Omeri s'donte të dëgjonte më. Në rrëfimin e pleqve mungonte atmosfera, s'kishte rrëmbime vajzash e djegie kullash, s'kish mallkime, bjeshkë nuk kish, as mejdan, krajla, bajlozë as kapedan, nuk kish luftëra, gjak, as çeta, krushq të ngrirë e krerë të prerë, kuaj të përgjakur me frej të lëshuar, s'ishte i ati, as Halili, as Ajkuna, as Milosh Kopili. Në fund të fundit, fqinjët ku janë? Pleqtë e kuptuan boshësinë dhe filluan.

"Zotit tonë i qofshim falë! Yt atë, rreshk në luftëra, n'dhimje e plagë, mbet' pa djem e me kulla djeg, fshehun shpellash prish me vlla, ndore zanash po e çon jetën, anmiqt' krejt ia kanë shkri çetën".

"Si, asht prish me Halilin?".

"Po, po, i ka lyp beleg Halili, se Muja ia paska përvetsue gjithë trimnit që kishin ba bashkë. Ja paska vjedh lavdinë. A mund të jetoj kush në atë vend pa qenë i lavdishëm, në trimni a ligsi qoftë? Jo. Edhe Halili, bir i atij vendi është. Jo po i tha Muji se vllai me vëlla nuk del ne beleg, se vllai nuk e vret vllain, se, edhe po ta vrasë, nuk fiton asnjëri, fiton ai që pret në pritë të fshehtë fundin e asaj beteje. Jo se jo Halili: "Kush është më trim mes nesh duhet zgjidhur në dyluftim, s'jam unë burrë që mbahem me trimnit e tjetrit, qoftë ky edhe vëllai im.". I dëgjon e ëma e u thotë: "Haram gjiri e haram mundi! Si me u vra vëllai me vëlla?!". I thotë Halili: "M'i ka vjedhë tana fitoret, ma ka vjedhë krejt lavdinë.".

I thot Muja: "Jo moj nanë, unë s'jam trim, krejt trimnit' ja kam lanë.".

Halili lyp beleg dhe e ëma vendos që ata të shkojnë në bjeshkë, kush ma gjatë rrin ujë pa pi, kush ma gjatë bukë rri pa ngranë, kush duron dhimbje më të mëdha, ai asht edhe ma trim, kështu pleqnin e kanë nda.

Në bjeshkë si dolën e si dhjetë ditë ndejtën, Halili e pyet Mujin: "A di kund ndoj gurrë uji?". E pra, ata kishin ujë e kishin bukë, kishin mish e kishin venë, kishin tokë e kulla kishin. I thotë Muji Halilit: "Pse more v'lla na more në qafë?". Veç një gurrë rrjedh në gumurajë e ajo ruhet prej treqind hasmish me pushkë për faqe. Halili iu lut të vllait atje të shkonin: "Nuk jam trim e s'jam i fortë, ti je burrë, ti je kapedan, më bëj hall për një pik ujë, etja e shkretë s'po më len derman.". "Mos më lyp mue të falun, të kam vëlla e vëlla më mbetesh, veç nanës zemrën ia kem' thye, hasmit qejfin ia kem plotsue, mue hiç nuk më ke fye, veç, hall etjen, kam me ta shue!".

Ecën bjeshkës tuj kuvendue, hasmi gjuhën nuk ua dinte, gjuhën e hasmit s'e kishin mësue. Veç zemërimin e urrejtjen, pak trimnin' e për gjak etjen, tjetër gjë s'kishin shkëmbye, as buk', as krypë, as fjalë të mirë, ndonjë vashë që ua kishin rrëmbye, as në sy se kishin kqyr.

Halilit etja po ia thante mushkërin' e Mujës dhimbja e të vëllait po ia shtjerrte fuqin'. "A thue t'u lypim besë pse jo edhe paqe, ti lëmë arm't mënjanë e t'i ftojmë nëpër konaqe!".

"Oh moj zanë, e shkreta zanë", ia priti Muji, "a ma ndien vllain çka asht tuj thanë? Si Halil ne me harrue, shtatëqind vjet jem sakatue, na kanë vra e na kan përvlue, i kem vra e shkurtue jetën-qysh harrohen-veç me shue etjen?".

"Do të na vrasin edhe ne, do t'na shuajn përjet farën, asht ma mirë me e zgjedhë të parën!".

Kishin mbërri tek uji. Etja u vërsul në mushkëri të Halilit për herë të fundit me gjithë fuqinë. E mori Muji të vëllain e ia afroi kryet te gurra, s'kishte pi hala metin e parë kur krisën treqind pushkë. Kqyr çka bani atëher' Muji, e muer të vëllain e vuni pas një guri, e t'ja krisi luftës. Dymbëdhjetë ditë e dymbëdhjetë net u ba luftë e rrëmet, gjallë prej hasmit veç nji mbet. U rrok Muji trup me trup, shpirt për shpirt e dhamb për dhamb. I fortë hasmi kish qëllue. Shtatë ditë tjera të kacafytun, njani-tjetrin pa mujt me e mbytun. "O moj zanë, ty të kjofsha falë, sa herë zot' ti mue m'ke dalë, sot ti mue po m'ke braktis, vllan plagos me plagë mais, mue pik force s'më ka mbet, hasmi shpirtin po ma qet.".

Ia mëson zana Mujit nji hile, se si me e mund hasmin e pasi ai e mund zana i thotë: "Fajin, vëllai yt ty ta ka, që n'këtë prit ti sot ke ra. Vëllait i falet fjala e randë, fjala e urtë i mbahet mend, nuk asht keq me u pajtue, harro vdekjen me jetue.".

Idhshëm at'her i ka folë Muji Zanës: "Nëse lodh' ti je me mue, ik kur të duesh e me lë vetëm, ma mirë dekun se turpnue, me faqe të zezë s'e due jetën.".

Merr Muji me ia ça barkun hasmit e prej tij dalin tre pëllumba, ua çel barkun edhe atyne e prej aty dalin tre gjarpërinj larana: "Heu", tha Muji, "pasha atë diell, që asht tuj nxe, ta kisha dit që je ksi dragoj, në këtë ditë të sodit s'të kisha vra, do ishim bashk si vëllai me vëlla.".

Atherë Halili ka mujt me fol: "Të thash vëlla, si zana të tha, me thirr besën e urtin, tash me zanën përjet je nda, humbëm paqen e fuqin.".

"Tash është vonë Halil t'më mësosh, shtrëngo bythën të luftosh, na ka mbetë urrejtja në duar, kurrë prej saj s'kem për t'shpëtuar. Do na shkoj jeta e lame në gjak, do na mbjellin kripë në prag, do t'i luftojmë, t'ua djegim kullat, t'ua rrëmbejmë vajzat, therim fëmit e vrasim burrat."".

"Po çfarë ndodhi më vonë?", pyeti Omeri.

"Më vonë është nesër.", thanë pleqtë.

"Unë s'mund të di çfarë ndodh nesër!", i them vetes time. "Kështu që do ta mbyll përrallën këtu.".

"Po me Omerin çfarë ndodh?", do të dijë vetja ime.

Unë i them se nuk jam i sigurt se çfarë do të ndodhë me mua, le më me Omerin, kështu që heq dorë nga përralla.

# FATE QENSH TË NDRYSHËM
*-qeni i katërt-*

Atë vit që mbarova shkollën e mesme, dola në bjeshkë për të veruar. Mblidhnim bimë mjekësore për t'i shitur e fituar aq lekë sa për të blerë rroba për vitin e ardhshëm. Rrobat e vitit të ardhshëm do të ishin më të shtrenjta, pasi unë besoja se do të ndiqja studimet e larta në universitet dhe, natyrisht, për të jetuar në kryeqytet duheshin veshje më elegante, më të kohës.

Jetonim në një stan veror, ndërtuar me gurë. Afër ishte stani i Mehmet Osmanit, i cili kishte një qen me emrin Camurr. Lehjet e tij i jepnin krenarinë gjithë asaj lugine. E mbronin nga ujqërit, arinjtë e shtazët e tjera të egra, që u afroheshin vjedhurazi staneve tona natën.

Camurri nuk ishte qen fort miqësor as me njerëzit. S'guxonte njeri të hynte në telë pa ia ndier erën e pa i lehur në kupë të qiellit. Ndryshe lehte për njerëzit e ndryshe për egërsirat. Kjo gjë ia lehtësonte punën të zotit: kur lehjet ishin për egërsirat, Mehmet Osmani rrokte pushkën, kur Camurri u lehte njerëzve, ai dilte e thërriste: "O mirë se erdhët!".

Njerëzit herë vinin e herë jo, veç përshëndesnin prej rruge e jo rrallë uronin: "Jua ruajtë zoti atë qen!". Sikur të na e kishin marrë m'sysh, Camurri këputi një ditë zinxhirët e desh e shqeu një udhëtar të rastësishëm. Kur Mehmet Osmani ia nxori thonjsh,

Camurri iku me vrap në ahishtë. Iu vumë prapa duke e ndjellë e duke e thirrur. Ai ikte si i çartur e jo rrallë ndodhi që iu kthye njerëzve që po e ndiqnin me një egërsi të pashoqe, aq sa ata filluan të fironin një e nga një. I zoti e lypi dy-tri ditë e kur u kthye pa të, në stanin e tij u mblodhën shumë burra të telës dhe e ngushëlluan sikur t'i kishte shkuar një rob shtëpie.

Bjeshka ra në qetësi, veç natën shumëkush e bënte tashmë pa gjumë në ruajtje të bagëtisë e po kaq edhe të njerëzve të vet. Camurri kishte qenë një roje i pashembullt, një qen i paepur, krenaria e bjeshkës, frikë e ndezur në zemër të ujqërve, egërsirave dhe tmerri i kalimtarëve mendjekëqij. Disa ditë më vonë thanë se e kishin parë me një tufë ujqërish, duke iu afruar telës tjetër. Kishin bërë kërdinë mbi bagëti. Thanë se e kishin parë tek sillej rreth staneve tona me dy-tre ujqër, por nuk i kishin mësy kopetë e urta të deleve, as viçat e lopët që kullosnin në një quklinë me bar të butë e të freskët.

Bisedat rreth tij mbushën gjysmën e verës. Duheshin kërkuar e gjetur arsyet se pse ishte larguar, me kë ishte mërzitur. U kujtuam të pyesnim se kush kishte qenë kalimtari mbi të cilin Camurri kish çliruar gjithë egërsinë e tij. Askush nuk e mbante mend, veç ishin të një mendjeje se ai duhej të kish qenë një njeri i lig. Ne i besonim virtyteve të Camurrit, po aq sa dyshonim për veset e të tjerëve. Nuhatja e tij s'kishte gabuar kurrë. Gjithmonë, ai qen i stërvitur stani, kishte arritur të gjente të keqen e fshehur. Jo më kot i kishte copëtuar më shumë se tre-katër qen të telës sonë. Ishin qen të këqij, askush nuk ishte mërzitur për ta. Me lehjet e tyre të trishtueshme e si në vajë, kishin ndjellë egërsirat kushedi sa herë. Camurrit i ishte dashur të mbronte jo vetëm kopenë e tij, por edhe ato të fqinjëve, duke u bërë kështu simbol i fisnikërisë, përkushtimit, vetëmohimit dhe i dashurisë për të tjerët.

Ikja e tij dhe bashkimi me ujqërit paraqiste një rrezik të hapur për gjithë bagëtinë e njerëzinë e bjeshkës. Atë verë ndodhi që një fëmijë i vogël u rrëmbye prej ujqërve dhe nuk i gjeti kush më as shenjë, as gjurmë, si dhe batërdia më e madhe mbi dele, dhi, lopë e viça. Bjeshka nuk ishte më e qetë. Të gjithë filluan të mendonin se pa atë qen jeta ishte vështirësuar. Duhej gjetur shkaku se pse ai ishte zemëruar aq shumë.

"Pas atij viti, s'na shkoi më mbarë as me qen, as me njerëz!", mendoi vetja ime.

## DOSJA "MIOPI" 00373/a

Një ditë e mërzitshme, me mjegull. Mjegulla është një dukuri natyrore, që në qytetin tonë ka kuptimin e vet më të plotë. S.S.-ja është në hall për të gjetur vrasësin e Farmacistit Miop. Nga kryeqendra kanë ardhur me dhjetëra udhëzime, urdhra, direktiva, informacione, raporte ku kritikohej puna e dobët e organeve të brendshme, paaftësia e tyre për të zbuluar një vrasje "ordinere". S.S. nuk ishte dakord me këtë përcaktim, por duhej t'i bindej qendrës. Nuk kishte qenë i zoti të zbulonte akoma të paktën pozicionin e Arlinda C.-së në këtë krim. S.S.-ja e kuptonte përgjegjësinë. Ai e dinte se, nëse nuk e zbulonte këtë rast, karriera e tij do të vihej në pikëpyetje. Nuk dëshironte ta perëndonte jetën në këtë qytet. Vendosi që ta rriste intensitetin e kërkimeve e për këtë vendosi të shkonte në shtëpinë e Arlinda C.-së. Ishte ora dhjetë e darkës kur kërciti në derën e saj. Ajo nuk vonoi t'ia hapte.

*Arlinda C:* Oh, ju jeni shoku S.S.? Më falni për paraqitjen, isha gati për t'u shtrirë. Por urdhëroni, urdhëroni!

*S.S:* Në fakt, nuk desha të vija kaq vonë. Më besoni, isha i zënë me punë.

*Arlinda C:* Oh, po nuk ka gjë shoku S.S, unë ju kam pritur prej kohësh, jam e bindur që punët e mëdha nuk ju kanë lënë të më vizitoni më shpesh.

(S.S-ja ka hyrë brenda dhe është rregulluar në një

kolltuk, duke pritur që Arlinda C. t'i sjellë kafenë dhe një gotë verë "Reisling", "e vetmja që i ndodhet sonte në shtëpi", siç i tha ajo.)

Ndoshta jeni i uritur? T'ju përgatis diçka të shpejtë?

*S.S:* Jo, faleminderit. Kam ngrënë vonë, edhe verën e mora vetëm sa për të mos jua prishur.

*Arlinda C:* Ju kam pritur kaq kohë! Si nuk u dukët?

*S.S:* Kam dashur të vij, por punët e mëdha nuk më kanë lënë. Ju e dini se çfarë dreq pune kam unë. Vajzën tuaj nuk po e shoh, ku është?

*Arlinda C:* Jashtë. Çdo mbrëmje me mjegull, ajo del e shëtit e vetme përjashta.

*S.S:* Nëse del çdo mbrëmje me mjegull, i bie që më shumë se gjysmën e vitit ta kalojë jashtë.

*Arlinda C:* Që kur i ka vdekur i ati, nuk më bindet më. Duket se nuk është edhe aq mirë. Desha ta vizitoj te një psikiatër, por ajo nuk pranoi.

*S.S:* Duhet bërë kujdes për fëmijët. Aq më tepër që ajo është goxha e rritur tashmë. Qyteti ynë është i vogël, megjithatë i rrezikshëm. Po, nga shëtit kaq vonë?

*Arlinda C:* T'ju them të drejtën nuk e di. Thotë që ka një shok të mirë shkrimtar, atë për të cilin thuhet se po mban shënime për një vepër të çuditshme letrare. Edhe atij i pëlqen të shëtisë në mjegull.

*S.S:* Interesant. Romantizëm gri, i mjegulluar dhe i errët. Po kur kthehet?

*Arlinda C:* Në orët e para të mëngjesit. Ka çelësin e saj dhe nuk më zgjon kurrë, kështu që edhe unë e kam të vështirë ta di se kur kthehet. Komunikon tepër rrallë me mua. (Regjia duhet të ketë parasysh që edhe pse Arlinda C. i ka kërkuar të falur S.S-së për rrobat që kishte veshur, rroba gjumi, asgjë s'ka ndryshuar. Madje kur shkoi në dhomën tjetër për të përgatitur kafenë, ka zbërthyer edhe një pullë tjetër të fustanit të gjumit, ulur përballë S.S.-së merr herë pas here poza provokuese dhe tërheqëse.)

Kjo gjë natyrisht që më lëndon dhe më vetmon më tepër.

*S.S:* Të rinjtë e sotëm janë ndryshe nga çfarë ishim ne në rininë tonë. Po ju patët edhe fatkeqësinë e vdekjes së burrit, sinqerisht më vjen shumë keq. Ju ka lënë shumë të re! Kjo është një moshë kur prania e një burri është e domosdoshme, apo jo?

*Arlinda C:* Nisur nga ajo pikëpamje, realisht ai kishte vdekur me kohë për mua. Nuk e di në ju kam thënë apo jo, por ai ishte i shtjerrur prej avujve të bromit. Punonte rreth efekteve helmuese të kërpudhave të pyllit të qytetit tonë.

*S.S:* Sa vite bëhen nga koha që ai nuk mund të ishte më partneri juaj?

*Arlinda C:* Shumë, por unë e kuptova këtë gjë kur ai mbyllte njërin sy e njërin vesh për ato që shihte e për ato që i tregonin. Natyrisht, njerëzit i kanë ekzagjeruar.

*S.S:* ...por diçka kishte të vërtetë!

*Arlinda C:* Është e kuptueshme, unë isha në kulmin e vitalitetit. Natyrisht kam bërë maksimumin që të mos e lëndoja.

*S.S:* Po, veç me B.M.-në ke rënë në sy. E di i gjithë qyteti.

*Arlinda C:* B.M.-në e kam mbajtur si maskë, meqenëse kishte pak miqësi me tim shoq, por që kur dëgjova se ai ka gisht në vrasjen e tij, s'mund ta shoh më me sy.

*S.S:* Ju nuk besoni se ai mund ta ketë vrarë?

Arlinda C.: Unë s'mund të them asgjë në lidhje me këtë, por kurrsesi nuk mund të shoqërohem me një njeri që dyshohet si vrasës. Ju keni ndonjë informatë?

*S.S:* Pikërisht për këtë gjë kam ardhur të bisedoj sonte. Deri tani dimë pak gjëra. Vrasësi duket se ka qenë profesionist, ka arritur t'i fshehë gjurmët me mjeshtëri të madhe. Punonjësit tanë kanë gërmuar e kërkuar në të gjithë pyllin, por... e vetmja shenjë janë syzet e gjetura nga Hafizja.

*Arlinda C:* A nuk është e tmerrshme që ma vranë edhe atë gjysmëburrë që kisha? Të mos kem një varr ku ta qaj? Për t'i çuar një tufë me lule? Të paktën bija e vet ta dinte ku i prehet i ati! (Fillon ngashërimet, lotët. S.S.-ja mundohet të gjejë fjalë pajtuese, inkurajuese, e siguron se do të bëhet ç'është e mundur për ta zbuluar vrasësin dhe trupin e viktimës. Ai është ngritur nga kolltuku dhe i është afruar Arlinda C.-së. E përkëdhel në supe. Ulet pranë saj, ajo mbështet kokën në kraharorin e tij. Ngashërehet edhe më, fustani i natës i është zbërthyer pothuaj krejtësisht, bien në sy rrobat e saj të brendshme, të kuqe, ngjyrë që kontraston me lëkurën e bardhë. Ashtu e përlotur, ajo fillon ta puthë S.S.-në. Ai, tashmë, rri si një bust bronzi. Pa lëvizur.)

Gjithë jetën do të më duhet të flas e kujtoj një gjysmëburrë, që vdiq e mbeti edhe pa varr.

*S.S:* Do ta gjej varrin e tij! (Ngrihet në këmbë e endet nëpër dhomë.)

*Arlinda C:* Të lutem, mos u trego i ashpër me një femër që ka nevojë të përkëdhelet. Afromu! (Arlinda C. rrëshqet nga divani dhe bie në gjunjë duke qarë. S.S.-ja rri në këmbë si vishkull. Pas pak ai e merr para duarsh dhe e çon në krevat, në dhomën tjetër. E mbulon dhe niset të dalë.)

*S.S:* Natën e mirë. Do të bisedojmë njëherë tjetër!

*Arlinda C:* Mos ik, të lutem, kam shumë frikë, kam nevojë për një njeri të më rrijë pranë. Të më mbrojë. Më duket sikur do të më vrasin edhe mua.

*S.S:* Jam me detyrë shtetërore. Më duhet të gjej trupin e burrit tuaj dhe vrasësin e tij.

Arlinda C.: Më duket se as ty nuk të punoka!

*S.S:* Çfarë? Pa thuaje edhe njëherë!

Arlinda C.: Veshët janë për të dëgjuar. (Kthehet në krahun tjetër.)

*S.S:* Po mirë, le ta shohim. (Zhvishet me shpejtësi dhe hidhet në krevat.) A ka njeri tjetër në shtëpi, përveç nesh?

Arlinda C.: Jo. Pse?

*S.S:* M'u duk se dëgjova zëra. Ngjasojnë me rënkime.

*Arlinda C.:* Ndoshta të kanë bërë veshët.

*S.S:* Nuk ka mundësi, ato po përsëriten, duket sikur vijnë nga nëndheu.

*Arlinda C.:* Unë nuk i dëgjoj.

*S.S:* Si është e mundur, veç nëse je e shurdhët. (Në kolonën zanore, rënkimet rriten aq shumë, sa S.S.-ja ngrihet nga krevati, merr pistoletën dhe mbështetet pas murit, ashtu lakuriq. Arlinda C. ngrihet dhe bie në gjunjë të S.S.-së).

*Arlinda C:* Janë rënkimet e tim shoqi, shpirti i tij nuk ka gjetur paqe. Vjen e më sillet në dhomë duke më terrorizuar kaq ligsht. Më ndihmo, të lutem! (Qan).

*S.S:* Duket sikur rënkimet vijnë nga poshtë krevatit. (S.S-ja ka ndezur dritën)

*Arlinda C:* Ato vijnë nga të gjitha anët, askush i gjallë s'mundet të zbulojë një shpirt të vdekur. (S.S. afrohet pranë krevatit dhe ngre mbulesat e çarçafët, Arlinda hidhet mbi të duke qarë).

*S.S:* Unë nuk besoj në shpirtra! Dikush i gjallë është fshehur nën krevat!

(Shtyn Arlindën, që rrëzohet në anën tjetër të dhomës, pastaj lëviz krevatin nga vendi. Asgjë. Pllakat e heshtura e të lëmuara. Arlinda qan me zë të lartë. S.S.-ja kthehet prej saj).

Çfarë dreqin ke që qan? Çfarë më ke fshehur?

*Arlinda C:* Kam frikë, kam shumë frikë. Ti dyshon se e kam vrarë unë. Po unë nuk e kam vrarë, unë desha ta shpëtoj, unë desha ta mbroja, por... (Mbytet në vajë).

*S.S:* Por... çfarë? Hë, qetësohu tani. S'ke se pse të frikësohesh, unë jam këtu.

(Ajo vazhdon të qajë, S.S.-ja rikthehet te hapësira e zbuluar nga lëvizja e krevatit. Ulet në gjunjë dhe befas zbulon se mes dy pllakave kanë mbirë fije bari. Në këtë çast Arlinda C., që ka rrëmbyer një thikë, afrohet nga pas dhe përpiqet ta godasë S.S.-në, i cili reagon shpejt duke ia hequr thikën nga duart. E prangosë me qetësi në tubin e kaloriferit dhe rikthehet te pllakat. Me majën e thikës ngre pllakën me shumë lehtësi, pastaj edhe një tjetër e kështu me radhë dymbëdhjetë copë. Dhe i butë në vend të betonit. S.S.-ja fillon të gërmojë me thikë.)

*Arlinda C:* Mos e luaj atë varr, lëre të rrijë aty poshtë meje. Aty është im shoq,

varrosur gjysmë i gjallë. (Fillon e ngërdheshet nga cinizmi apo dhimbja, herë-herë edhe qesh, pastaj qan, ulërin). Prandaj rënkon, i dhëmb edhe në varr, ishte i gjallë kur hyri aty! Ti e ke vrarë! Nuk e mban mend atë natë kur erdhe i pirë dhe deshe patjetër të bëje dashuri me mua në prani të tij? Deshe ta lidhje te këmbët e krevatit. T'ia fusje elektrikun në gojë që të të bënte dritë? Nuk të kujtohet ty, por më kujtohet mua. Do të dëshmoj para gjyqit, për gjithçka! (S.S.-ja e godet me pëllëmbë, ajo ulërin. Dëgjohen trokitje në derë. S.S.-ja afrohet dhe shikon nga vrima e çelësit)

Katër-pesë vetë ndodhen jashtë e kërkojnë që t'u hapet dera. S.S.-ja e hap duke mbajtur në njërën dorë revolverin, në tjetrën elektrikun e dorës.

*S.S:* Policia. Shkoni në shtëpi!

*Dikush:* Çfarë po ndodh aty brenda?

*S.S:* Nuk është puna juaj, shkoni në shtëpi, thashë! (Njerëzit lëvizin përtueshëm, duke mbajtur kokat mbrapa. Pas pak një makinë policie vjen në oborr të shtëpisë dhe njerëzit, që kishin nxjerrë kokat nëpër dritare me drita të fikura, panë për herë të fundit Arlinda C.-në, të lidhur e me gojë të mbyllur.)

Pas disa netësh, një makinë tjetër policie erdhi dhe, pasi u vonua disa orë, u largua duke marrë me vete një send të mbështjellë me çarçafë të bardhë.

Vajza e Farmacistit Miop nuk u pa më në qytet. Të fundit që e panë apo shpifën, thanë se po atë natë që S.S.-ja kishte dalë prej shtëpisë së saj, ajo kishte shëtitur me Hafizen e çmendur. Të tjerë thanë se e kishin parë me atë që thotë se po shkruan një roman të çuditshëm për qytetin. Njerëzit kishin filluar t'i përtypnin me vështirësi lajme të tilla. Ndoshta ngaqë edhe mjegulla kishte filluar të trashej.

## LIBRI IM

Sendi i mbështjellë me beze të bardhë kishte qenë një trup njeriu. Haiko më kishte thënë se neve na duhej një arkivol prej letre për të varrosur shumë gjëra. Ku i dihet, ndoshta kishte parasysh se libri është shprehje e arkivolit prej letre. Dhe vërtet, a nuk është shkrimi një varrosje e letërt e gjërave? Aty brenda kapakëve, qofshin edhe prej kartoni jo cilësor, shtrihen varret e mijëra milionave qenieve njerëzore, që frymuan dikur mbi dhe. Varreza e letërt e botës, mbyllur nëpër biblioteka, thotë pak më shumë sesa mbishkrimet e shkurtra e të gënjeshtërta mbi pllakat e varreve. Nuk ka qenë kurrë e mundshme që të vdekurit dhe varrezat e tyre, sado të bukura, të kushtueshme, të përkujtuara çdo përvjetor me farfuritje, lule, dekorata, fjalime, kortezira e respekte teatrale, ta përmirësojnë botën aq sa ka mundur një varr prej letre, një libër sado modest, prej më të parëndësishmit kërryes të letrave. Varret prej letre dergjen në pluhur, kurrë nuk ndodh që dikush i rëndësishëm, ndonjë që i prin jetës së qytetit, shtetit apo botës, të përkulet me aq nderim para bibliotekave sesa përkulet para betonit të hirtë apo mermerit të varrezave. Edhe pse botën nuk e kanë përmirësuar gjeneralët, ushtarët dhe ministrat, por poetët, shkencëtarët dhe filozofët. Kush pjerdh për një ministër të punës dhe përkrahjes sociale në qeverinë e fundit të këtij shteti në të cilin më ra të jetoj gjatë kësaj kohe? As për ministrin e jashtëm, kryetarin e shtetit apo shefin e shërbimit sekret. Madje këtë të fundit nuk e njohin as banorët e shkallës së tij, nëse ai banon në një pallat të zakonshëm. Tjetër është se këtij të fundit i duket vetja më i rëndësishëm se gjysma e planetit, përfshi këtu edhe gjithë krijuesit e varrezës madhështore prej letre, që fle nëpër biblioteka.

Nuk është puna se janë burra të këqij këta që përmenda. Mjerimi është se fama e tyre është më jetëshkurtër sesa cikli jetësor i mizave.

Fotografi që punon me ministrat është aq i pamëshirshëm me fotografitë e tyre sa janë edhe ata me të. Sapo ata ndërrohen, ai më të parën punë që bën, zhvesh tabelën ku afishohen arritjet nën drejtimit e këtij apo atij ministri. S'më vjen keq për ministrat, se edhe ata nuk e çajnë bythën, por më tmerron vullneti mjeran i fotografit për t'ia bërë qejfin çdonjërit prej tyre. Asnjë ministër nuk e ka ditur që ai ekziston. Ai frymonte se ish rregull për të frymuar edhe një qenie e atij lloji. Lajmërimi për shkarkimin e "x" ministri jepej në darkë dhe, në mëngjes, fytyra e tij zhdukej nga të gjitha fotografitë e mundshme në vendet publike, thua se ai kishte bërë ndonjë turp, kishte vrarë apo vjedhur. Fotografi picirruk nënqeshte me buzët e tejdukshme, duke pirë fërnet të zi, si vet shpirti i tij. Kështu varrosen ministrat. Kanë në fund të jetës edhe ndonjë varr, një ngrehinë, qoftë edhe e mermertë, që respektohet për një farë kohe vetëm prej familjarëve të pikëlluar.

Varreza prej letre apo arkivolet prej letre, që prehen

në morgun e bibliotekave, janë vende të hapura, që respektohen heshturazi nga aq shumë njerëz, sa s'mundet asnjë parti, as të gjitha bashkë, t'i mbledhin në ndonjë takim zgjedhor.

Kthehem e shikoj librat që kam blerë. Janë shumë dhe të rëndë. Sikur të mos më vinte turp nga vetja ime, nuk do t'i merrja fare me vete. Do të bëja sikur i harrova në hotel. Ç'më duheshin? Ato libra nuk do të më ndihmonin as mua, as kurrkënd për ta harruar të kaluarën. Të paktën për ta bërë atë të padëmshme. Të mos ketë atë fuqi, atë pushtet përcaktues mbi të tashmen dhe të ardhmen. Nuk do të më ndihmonin librat për të ndryshuar pyetjen më thelbësore të qytetërimit tonë, nga "kush je?" në "çfarë bën?". Folja "bëj" nuk ka peshë në vendin tim, sepse aty rrallë ndodh që dikush të bëjë diçka, edhe kur bëjnë, është më tepër zhbërje. Gjithkush zhbën atë që të tjerë para tij e kanë zhbërë po aq pa mëshirshëm e pa shpirtësisht sa edhe ky i fundit, që, natyrisht, nuk do të jetë i fundit. Do të vijnë zhbërës të tjerë më heroikë. Sigurisht. Aty, rëndësi ka kush je apo ke qenë e sidomos kjo e dyta: kush ke qenë! Është fatale edhe ngjashmëria që ka në gjuhën shqipe folja "me qenë" me fjalën "qen".

Nejse, duhet shkuar njëherë atje, duhet bërë një përpjekje. Po, po! Duhet bërë një përpjekje. S'kam përse dorëzohem kështu para një arkivoli prej letre.

## EDHE PAK FJALË PËR VETEN TIME

Sot është ditë e hënë me diell; mbrëmë ishte nata e së dielës me hënë. Hëngra mëngjesin turpacak me përshesh me vaj e ujë, duke dëgjuar lajmet për arritjet e pa mbërritshme. Dola. Njerëzit lëviznin shpejt, duke shkëmbyer përshëndetje të shkurtra. Nxitonin për të zënë orarin e informacionit politik. Vetja ime kishte nge, kështu që ecte pa u ngutur dhe pa përshëndetur njeri. Unë nxitoja për askund. Dje kishte qenë dita e fundit kur vetja ime kishte diçka për të bërë: të merrte pjesë në mbrëmjen e maturës. Një ditë më mbrapa, vetja ime s'kishte asgjë për të bërë.

Filloi të frynte erë. Mendova se pasdite do të binte shi. Do të ishte e lezetshme sikur të binte borë në korrik!

Hyj në një dyqan industrial. Shitësja është e re dhe pak kurvë. Vetja ime bën sikur shikon mallin e ekspozuar, që ndodhet aty që nga dita kur unë kam lindur. Kurrë nuk ndryshon. I njëllojtë, i panevojshëm, estetikisht i shëmtuar. Shitësja, që sapo ka hapur dyqanin, pyet veten time nëse ka ndërmend të blejë ndonjë gjë, se do ta mbyllte. Vetja ime i thotë se nuk ka hyrë për të blerë, por për të parë atë. Ajo qesh dhe më thotë se donte të blinte byrekë në mëngjesoren që nuk është larg. "Kur të kthehem, do të më keni gjatë gjithë ditës në dispozicion për të më parë!".

"Jo, kot, desha të të shihja herët në mëngjes, pa të

zhvirgjëruar shikimet e të tjerëve", i thotë vetja ime.
"Qenke i lezetshëm!", thotë e vetja ime i përgjigjet:
"Vërtet jam, por ndjehem pak i vetmuar.".
"Mirë, do të dalësh tani sa të blej byrekët?".
Vetja ime bindet. Del, por s'mund të rrijë pa e pyetur nëse do të kthehej shpejt.
"Ik or çun, se jam nëna jote, e kam djalin sa ti", gënjeu. Ajo, sigurisht, nuk është nëna ime, djalë nuk ka fare dhe është vetëm pak më e madhe se vetja ime.
Ajo kishte ikur kur vetja ime futi duart në xhepa dhe u nis drejt "Turizmit". Nga jashtë dëgjuam zhurmën e ekspresit, përzier me bisedat zëlarta të klientëve. Hyjmë brenda dhe ulemi në një qosh të zhurmës. Rreth e rrotull ka njerëz. Më së shumti janë njerëz të zyrave. I kërkojmë kamerieres një kafe e një dopio fërnet. Ngjitur me tavolinën ku jemi ulur, është një tjetër, bosh, e pastër, me tetë karrige dhe me shënimin: "E REZERVUAR". Pyes kamerieren se për kë ishte e rezervuar ajo tavolinë, edhe pse vetja ime e di shumë mirë përgjigjen: "Për ata të komitetit.". Një inxhinier pyjesh dhe një teknik që i njoh, kërkojnë të ulen në tavolinën tonë. "Uluni", u thotë vetja ime. "Ne po shkojmë tek ajo e rezervuara.". Ata më thanë të mos shkoja, sepse kështu e ashtu, por vetja ime u tha se dëshironte të provonte çka do të thotë të ulesh në një tavolinë "të rezervuar". Vetja ime nuk ishte ulur akoma mirë, kur diçka e jashtëzakonshme ndodhi në klub. Ndaluan bisedat, një qetësi varreze e pakuptueshme, e llurbët, u kacavar nëpër tavan dhe të

gjithë klientët e kthyen kokën nga vetja ime. Ndjemë një frikë të tmerrshme nga ato dhjetëra shikime të hardallosura, të hutuara e të paqarta. Vetja ime u ngrit nga karrigia sikur të ishte ulur në prush dhe me hap të turpët, zvarritës, rrëshqiti drejt tavolinës ku kishim qenë më parë. Inxhinieri i pyjeve, që e njihja, pyeti se pse nuk ndenjëm atje e vetja ime i tha se ishte tavolinë e parehatshme. Ata nënqeshën dhe iu kthyen kafeve. Zhurma ishte rivendosur në klub.

Herezia kishte qenë më jetëshkurtër sesa jeta e një shkëndije. Duke pirë fërnetin, dëgjova inxhinierin t'i thoshte teknikut se u duheshin punëtorë sezonalë për të pastruar pyllin. Vetja ime e pyeti se çfarë letrash duheshin plotësuar dhe sa ishte rroga. Fantastike. Me atë rrogë, vetja ime do të kishte mundësi edhe të ndihmonte familjen, të blinte rroba të reja e t'i tepronin sa për të pirë kafe çdo mbrëmje. Lekë xhepi, si i thonë. Këto lloj fantazirash bënë që ta harroja incidentin me tavolinën e rezervuar.

Në derë të sallës së madhe të klubit u shfaqën Regjisori dhe Piktori Bojëhiri. I pari, me sy të rrudhur, i hodhi një shikim sallës dhe deshi të dilte. Të dy bashkë dolën dhe, siç dukej nga pas xhamave, Regjisori nuk donte të hynte më. Pas pak, Piktori e bindi dhe ata rihynë në kafe. Vetja ime ngriti dorën dhe i ftoi në tavolinën tonë. Inxhinieri i pyjeve dhe tekniku sapo kishin paguar dhe po ngriheshin. Porosita çfarë deshën. Pasi më pyetën se si kishte shkuar mbrëmja e maturës, filluan të bënin muhabet me njëri-tjetrin. Flisnin për një shfaqje të re, që do të vihej në skenë nga trupa amatore e qytetit. Halli ishte për skenografinë. Regjisori jo rrallë entuziazmohej nga idetë e piktorit, por menjëherë i kujtoheshin ATA dhe drejtonte dorën nga tavolina e rezervuar. "Epo kështu, është më mirë t'i qish nënën e të mos merresh me art fare! Si qenka kjo punë, edhe në skenografi do t'i fusin hundët ata?!". Regjisori i shkeli syrin Piktorit Bojëhiri, duke i bërë shenjë nga vetja ime. "S'ka gjë", tha piktori, "ai është yni.".

Megjithëse po dëgjoja gjëra tepër të rrezikshme, frikën e kisha mundur nga ajo fjalë e thjeshtë, përemri pronor "yni". Unë kisha pak njohje me Piktorin, por nuk e dija se ai më konsideronte "të tyrin". Të hyje në "pronësinë" e tij nuk ishte një privilegj i vogël. Ishin të paktë ata që kishin miqësi apo hynin në rrethin e piktorit. Disa kishin hyrë, por kishin dalë shpejt. Sa do të rrija unë në botën e tij? Sa do të isha unë "i tij"? Do të më pëlqente të rrija gjatë, por kisha frikë se nuk isha i zoti. Ata e vazhduan bisedën rreth skenografisë dhe, kur u ngritën, piktori më pyeti nëse dëshiroja të shkoja në studion e tij. Ishte hera e parë që më ftonte. Përpara se të ndaheshin, regjisori i dha edhe disa porosi të vockla rreth skenografisë.

Hymë në studion e tij. Nëpër mure kishte plot piktura të varura, pa korniza. Dyshemeja rrafsh me bytha cigaresh. Ishte një dhomë e pistë nga lagështia e banjave në katin e parë të një ndërtese gjashtëkatëshe. Drita e diellit hynte me vështirësi, duke u përdredhur nëpër ca hekura të trashë të një dritareje të vogël me xham të përbaltur e të thyer. Piktori ndezi dritat. Hapi radion dhe gjeti një stacion rumun, ku po transmetohej një pjesë e Xhorxh Eneskut. Më tha të ulesha në një kolltuk të lyrtë, me njolla bojërash. Piktori filloi të kthente mbarë ca kompensata të mbështjella me kanavacë, të mbështetura mbi njëra-tjetrën pa kujdes, në një qoshe të studios.

"I mbaj kështu, se jo rrallë vjen ndonjë, që nuk kam dëshirë t'i shohë. Nuk dua t'i nxjerr vetes punë kot, më kupton?". Para meje ishte shfaqur një botë me ngjyra dhe plot jetë. "Ky është cikli i Kreshnikëve të Jutbinës.". Vetja ime e kishte mbyllur gojën. Nga violina e ëmbël e Eneskut, radioja po transmetonte Vagnerin, trumbetat që lajmëronin "Arritjen e miqve në Wartburg". Ky art pa fjalë, me tinguj e ngjyra, hapte në shpirtin e vetes time një qiell të ri, të pangjashëm me atë të mërzitshmin që shohim çdo ditë. Ishte ky një shteg shpëtimi në mes të erës së marrë dhe pluhurit të pistë të rrugëve të përditshme, tmerrit që vjen prej rëndesës së duarve në xhepat bosh dhe jetës me lëvizje kënetore, prej shikimeve hetuese e fudullëkut injorant e të papastër. Ndjeje shkëputjen prej fjalës së pangjyrë dhe zhurmës kaotike të boshllëkut, gjeje në atë mjedis mungesën e gjërave të tepërta, që na çajnë bythën, dhe praninë e atmosferës, që rrallë na e krijon truri i lodhur. Nuk kishte klithje shumëkëndëshe dhe egërsi linjash të rregullta. Harmonia marramendëse e nuancave dhe thirrjeve të padukshme për paqe, përbënin thelbin e mungesës sonë, mungesës së prehjes dhe kuptimit. Na mungonte një ëndërr, edhe pse e pambërritshme, që të ishte larg ditës së lodhur e të djersitur, të gjakosur prej parullave kërcënuese deri në prag të dhomës së gjumit. Zbriste nëpër ato piktura e prej tyre drejt e në shpirtin e vetes time një dritë e kadifenjtë, përrallore e njëherësh e prekshme, dritë që ta mbushte shpirtin me guximin për t'u arratisur, për të rrezikuar më tepër; më tepër se kurrë të pëlqente të kishe jetuar dikur sesa në kohën kur realisht jetonim. Po kaq e fortë ishte ngasja për të vdekur, me shpresë që pas saj të rifilloje jetën në një kohë tjetër, më vonë, për të parë se ç'përmasë do të kishte bota, si do të sillej njeriu me ata që e rrethojnë, me njerëzit, kafshët, bimët, ajrin dhe jetën e vet. Kishte një ftesë për të ikur dhe një urdhër për të qëndruar. Kishte një shteg për të fituar dhe një hapësirë të madhe për të humbur. Një demon të ftonte çuditërisht në paqen e përjetshme e një engjëll bënte të kundërtën: të ftonte në gjirin e një vdekjeje të lemerishme, mes gjuhëve të zjarrit dhe thikave të mprehura në kovaçhane të paramesjetës. Një gji i butë femre, një gushë zogu, kurrizi i lëmuar i një kali, barku i një lëndine, harkimi i befasishëm i një reje, syri i çeltë i një luleje, krenaria e ashpër e një shkrepi, thellësia e frikshme e një honi, errësira e verbët e një nate, freskia e ujtë e lumit, ngrohtësia e ëmbël e një zjarri dhe e ndjenjës të ftonin.

Mprehtësia e idhtë e majës së një shpate, drapri

i hënës i thyer ligsht, hunjtë e pishës mprehur e majëndezur, zinxhirë të farkuar keq e të ndryshkur, qafat e zëna nga bora dhe ortekët. Rrënimi i përmbytjes në ujë dhe rrëshqitjes në akull, ulërima e harruar e një ujku të ngordhur urie, blegërima e trishtë e dashit të këmborës në dhëmbë të ujkut tjetër, kufiri therës me rojet robotike, ajri i ndarë përgjysmë dhe gjysma e ndarë në shtatëqind pjesë, rrënimi i pluhurt i kështjellave dhe ngritja e përgjaktë e qyteteve, varrosja e akullt e çetinave, që i'u mbetën vetëm kreshtat, rënkimi i drunjtë i aheve gjatë rrëzimit. Kosa e vdekjes me teh rrëqethës, që pamëshirshëm rruan plak e të ri, e bëjnë veten time të largohet. Të ikë. Në këtë dyzim tragjik është Muji, që kërkon fuqi nga zanat. Duhet një mbinjeri, të përballojë këtë dalldisje shkatërruese. Zotat nuk kanë sy të shohin. Zotat i ka zënë gjumi. E kanë braktisur këtë rrypnajë toke. I kanë flakur këta njerëz. Fati u bëftë hall! Fati kobzi. I lig. Ja, Muji kujton se është shpëtimtari, rroket me dreqin e të birin, lufton me të shtatë krajlat, ua djeg kullat e i përvëlon, shkatërron të vetët e çart të tjerët. Fundi? Asnjëherë nuk dihet fundi.

"A beson te Mbinjeriu?", pyet vetja ime Piktorin Bojëhiri. Ai qeshi.

"U besoj ngjyrave. Në këtë cikël pikturash, ku mungon puna e fundit, që shpresoj ta mbaroj shumë shpejt, kam risjellë në jetë, nëpërmjet ngjyrave, atë përmasë, që më së shumti na mungon. Rrënjët e një të shkuare të ndritshme, të ngjashme me atë të të gjithë popujve të qytetëruar. Duke na e fshehur këtë të kaluar, na e kanë fshirë edhe të tashmen, me shpresë se s'do të kemi as të ardhme.

"Duhet të dalim tani", më tha, "edhe muret kanë veshë.".

Dolëm nga dhoma-studio dhe ai më propozoi një shëtitje në pyll. Foli gjatë, si një njeri që prej kohësh s'ka pasur me kë të kuvendojë. Ato çka më tha si me gjysmë zëri në studio, s'kisha guxuar as t'i ëndërroja më parë. Kur vetja ime e pyeti se pse më kishte gjetur mua të m'i thoshte ato gjëra të rrezikshme, kur shumë mirë unë mund t'i transmetoja tek njerëzit me kostume bojë mjegulle, ai më tha:

"Forma e kafkës tënde është premtuese. Tani do të ndahemi; këtu ndahesha edhe me Farmacistin Miop.". Në qosh të syrit të tij, vetja ime shquajti rrëzimin e një brenge, si kokërr loti.

Mora veten përdore dhe, duke u kthyer në shtëpi, fillova të mendoja gjëra të tmerrshme që do t'i ndodhnin në të ardhmen vetes time. Një frikë e paturpshme m'i lëpiu eshtrat, pa e ditur pse.

# DOSJA "MIOPI"
*-botë gjysmë e shurdhët e gjysmë e vdekur-*

Ha.Fi-ja nuk i dha kujt hesap për mungesën e veshëve edhe pse, në fakt, askush nuk e kishte pyetur; as i biri. U ndje i lumtur për një kohë bukur të gjatë, por më vonë filloi të mendonte se për të nuk interesohej më njeri. Thua se kishte vdekur. Shumë kohë kishte rrjedhur e shumë gjëra kishin ndryshuar. U liruan nga burgu pothuaj të gjithë ata që ishin rrasur me diagnozën, që shoku S.S. e quante "sindroma e degradimit të rendit shoqëror". Ata nuk ishin më armiq. Ishin thjesht njerëz, që mendonin ndryshe. Edhe 205-a ishte liruar. Ashtu i mplakur e i kërrusur, u binte pash më pash rrugëve të qytetit. Përshëndeste ndonjë që e kish njohur para njëzetë e tre vjetësh e që e mbante mend ende. Nga jashtë dukej i qetë, si një gërmadhë. Brenda vetes shkallmohej prej një ngacmimi të çuditshëm. I dukej sikur dikush e shfletonte ditë e natë. I bëhej sikur ia ndanin kockat në rriska-rriska. Ky veprim e gërvishte në tru, siç ia prish gjumin ndonjë njeriu nervoz shfletimi i një libri me letër të ashpër. Sapo mbaronte ky shfletim në anën e majtë të trurit, i dukej sikur fillonte në të djathtën. Kjo gërvishtje ia bluante eshtrat si letra smeril kur fërkohet në sipërfaqen e ndonjë xhami. Nuk ishte i zoti ta përcaktonte se kur i kishte filluar dhe kur do t'i përfundonte ajo torturë. Edhe kur ishte në rrugë, duke ngrënë, kur lahej apo shëtiste në pyll, dikush e shfletonte pa mëshirë. I dukej vetja si një roman-sagë i pafund. Lexuesit e shfletonin pamëshirshëm, pa u lodhur kurrë. Ai habitej me jetën e tij. Çfarë kishte mbetur pa u parë e stërparë në të? Ai ishte thjesht një numër, "205"-a, si shumë qytetarë të tjerë të atij qyteti. Numri i tij nuk tregonte ndonjë gjë domethënëse; ai, madje, as i dyqind e pesti nuk kishte qenë. Ai mund të kishte qenë i tridhjetë e shtati po aq sa i dyqind e shtatëdhjetë mijë e treqind e njëzet e shtati. Punë numrash. Rastësi e kotë. Ishte mësuar ta thërrisnin me atë numër dhe nuk i bënte më përshtypje. Më tepër emocionohej e habitej kur dikush e thërriste me emrin e tij, që gati e kishte harruar. Për njëzet e tre vjet e kishin thirrur "205"-a. E vetmja gjë që e shqetësonte ishte se edhe sa kohë do të shfletohej. Deri sa të vdiste? Kjo është e padrejtë! Çfarë kishte bërë ai që të torturohej kaq gjatë? Në fund të fundit, pse nuk e shfletojnë edhe pas vdekjes? Ç'punë u prish lexuesve vdekja e tij? Ata për vete janë gjallë. Ai praktikisht ka njëzet e tre vjet që ka vdekur. Kishte vdekur që atë ditë që i thanë: "Merre këtë numër dhe qepe mbi rroba. Mos harro: je 205-a! Ai nuk kishte harruar, madje edhe kur rrobat iu grisën e mori të tjera, numrin nuk e ndërroi. Ishte familjarizuar me të.

Pas kaq vitesh, e vetmja gjë që e shqetësonte ishte shfletimi. Jo rrallë trupin ia përshkonte ndonjë majë stilografi. Ndërsa gati çdo ditë ndjente majën e lapsit të kuq gjashtëkëndësh. Ky i fundit, edhe pse erëmirë e i butë, i shkaktonte dhimbje të pakallëzueshme në faqet e tjera. Lexuesit, siç dukej, përqendroheshin në faqet e nënvizuar me të kuqe për orë të tëra, duke mbajtur shënime e nxjerrë konkluzione të vështira. Ndoshta ngjyra e kuqe i tërbonte lexuesit e tij, si bezja e kuqe tërbon demat kundër toreadorëve.

"205"-a, ndjesinë e shfletimit nuk e kishte të re. Edhe para se të hynte në botën e numrave, ai e kishte shijuar këtë shfletim. Ajo që e shqetësonte tani ishte se kur do të merrte fund kjo gjë. Kishte dalë me shumë shpresa prej folezës së betontë. E para shpresë kishte qenë që të harronte të kaluarën. Ky shfletim i mallkuar nuk e lejonte.

I kërrusur, si libër gjysmë i hapur, endet rrugëve të pluhurta të qytetit. Duke pirë një kafe, një ish-i njohur i vjetër i kallëzon një përrallë të çuditshme, ku bëhej fjalë për njerëzit e një fshati, të cilët kishin vendosur të hapnin varrezën e tyre të vjetër për të parë se ç'kishte në të. Nga fshati fqinj ishte hapur fjala se fshatarët e këtij fshati nuk kishin varrosur njerëzit e vdekur, por kocka gjitarësh. Kjo ishte një gjë e padurueshme. Më të rinjtë kërkuan që me çdo kusht të njihnin të vërtetën. Nëse në varret e tyre vërtet ishin varrosur gjitarë të çfarëdoshëm, ata do të ulnin kryet për jetë të jetëve para fshatit tjetër. Nëse ishte e kundërta e në varreza gjendeshin kocka njerëzish, si të gjithë njerëzit e dynjasë, atëherë fshati tjetër do ta paguante rëndë shpifjen. Nëse ata talleshin me të vdekurit e nuk merrnin një përgjigje, kjo do të thoshte që të gjallët ishin më të vdekur se të vdekurit.

Zhvarrimi u bë e kur u thirrën përfaqësuesit e fshatit tjetër për t'u treguar skeletet, që natyrisht ishin njerëzish, ata u tallën e thanë:

"Ju keni mbetur shumë mbrapa, aq sa besoni edhe shpifjet më të pabesueshme. Nuk e dimë se kush e ka hapur atë fjalë, por bëni mirë t'i rivarrosni paraardhësit tuaj.".

Kjo ishte një fyerje edhe më e madhe se e para. Fshatarët e rinj rrokën armët e deshën të vinin drejtësinë në vend. Ata të anës tjetër, ndërkohë që këta merreshin me zhvarrimet, ishin armatosur deri në dhëmbë. U derdh gjak, helm e vrer, u shtuan plagët, dhimbjet, hallet dhe varret. Aty ku dikur ishte fushë e butë, u ngrit një mal i madh urrejtjeje. S'pati zanë e zot t'u hynte në mes. Varr pas varri, deshën malin ta ngrinin deri në qiell. Përralla tregonte se si andej nga fundi, kur gjakrat u qetësuan, fshatrat përkarshi ishin më tepër se të përgjysmuar. Përralla, si gjithë përrallat, përfundonte me fitoren e së mirës mbi të keqen. Si e mira, ashtu edhe e keqja, u ndanë përgjysmë mes katundarëve të mbetur gjallë në të dyja fshatrat e rrënuara. Dy fshatra, që, së bashku, bënin një rrypnajë toke mes malit e detit.

205-a e kishte dëgjuar me durim rrëfyesin, por nuk e kishte kuptuar. E kishte ngushëlluar veten me faktin se përrallat më së shumti dëgjohen për të kaluar kohën dhe jo aq për t'u kuptuar. Por kallëzuesi e kishte pyetur drejtpërdrejt: "Më kuptove?". "Të kuptova", i kish dredhuar 205-a, por unë kam një hall tjetër. Më duket sikur më shfleton dikush. Po ty të shfleton ndonjëri?".

"Jo", i tha tregimtari, "unë mbarova. Domethënë, më mbaruan.".

205-a pyeti padjallëzisht:

"Po unë, kur do të mbaroj?".

"E keqja është se ty po të shtohen faqe çdo ditë. Duket se ti je roman i bukur dhe krijuesi yt nuk dëshiron të të mbarojë kurrë.".

Atë ditë, 205-a dha shpirt. Pasdite, në qytet u hap fjala se edhe Ha.Fi-ja kishte vdekur. Thua se e kishin lënë të takoheshin pas vdekjes, qysh ditën kur u ndanë në zyrën e vogël të hetuesisë, para njëzetë e tre vjetësh. Varret e tyre ishin afër njëri-tjetrit. Grupet e vogla të njerëzve që i shoqëruan, nuk u takuan. Fjalimet e mbajtura mbi kokat e të vdekura kishin të njëjtat fjalë. Për të dy u tha se ishin viktima të sistemit të kaluar.

Në varreza ishte caktuar një roje e re, i cili nuk e dinte se para shumë vitesh ishte marrë një vendim në një mbledhje të çuditshme, shprehur në një procesverbal, që rregullonte me urdhër vdekjet dhe varrosjet e qytetarëve.

Shumë ujë ka rrjedhur nën urë që nga ajo kohë... edhe qyteti ka ndryshuar.

# KTHIMI NË VENDLINDJE

Sapo isha marrë vesh me punonjësin e doganës të mos paguaja për peshën e librave, që ishte shumë më e madhe se pesha e lejuar e bagazheve. Pasi pyeti, nuk e di se ku, më tha se meqenëse isha student dhe avioni me të cilin do të udhëtoja nuk kishte ngarkesë të plotë, do të më toleronin. Sapo tha këto fjalë, nga altoparlantët ushtoi një zë i fuqishëm; duhej të boshatisej aeroporti menjëherë. Pas pesë minutash do të shpërthente një eksploziv, vendosur nga një grup terrorist.

Lajmi u pasua nga një zallamahi e tmerrshme. Megjithëse zëri përsëriste pa ndërprerje udhëzimet se nga duhej të dilnin, udhëtarët më shumë përplaseshin me njëri- tjetrin, ulërinin e bërtisnin sesa i viheshin rrugës së treguar. Një burrë me mjekër, xhaketë stofi e kravatë të shtrenjtë, mbështetur në qoshen e barit që ishte boshatisur, pinte puro e nuk e prishte terezinë. Më mbetën sytë gozhduar mbi të.

Më përshëndeti dhe fill shtoi: "Mos u shqetëso, është lajm i rremë!".

E pyeta pse nuk i tregonte dikujt se ishte lajm i rremë. "Nuk kam kujt t'i tregoj. E shikon çfarë bëjnë?".

"Përfundimisht e ke vendosur të mos luash vendit?", e pyeta.

"Nuk do lëviz. Pres avionin të fluturojë dhe jo bomba.".

"A e di që edhe mund të vdesësh?", e pyeta.

"Pse këta që ikën nuk do të vdesin? Unë besoj se është telefonatë e rreme. Nëse është kështu, unë do të shpëtoj, ndërsa këta që ikën do të rikthehen të vdekur.".

"A nuk të duket kjo një trimëri e panevojshme?", e pyeta sërish.

"Sipas teje, frika qenka e nevojshme?", m'u përgjigj po me pyetje.

"Jo se është frika, por...!".

"Por, çfarë? Ja, ti, pse nuk po ikën, për shembull?", pyeti ai.

"Unë do të iki; jo se kam frikë, por se të gjithë ikën.".

"Justifikimi nuk është argument. Ti po justifikohesh, po të jesh i zoti argumento: pse nuk ikën edhe ti si tjerët?".

"Unë po rri me ty. Ti the se lajmi për vendosjen e bombës nuk është i vërtetë. Por më habit fakti se përse nuk u tregon të gjithëve.", i thashë.

"Sepse ata ikën, nuk mund t'i ndjek një për një e t'u them se është lajm i rremë.".

"Pse je kaq i sigurt që është i rremë? Pas pak sekondash eksplozivi mund të shpërthejë e ne të dy të vdesim. Të tjerët, natyrisht do të shpëtojnë.".

Ai vështroi orën: "Pas dhjetë minutash mbërrin avioni im. Ti ku do shkosh?".

"Në vendlindje", iu përgjigja.

"Edhe unë!", tha dhe vështroi përsëri orën. "Sipas

lajmërimit, eksplozivi do të duhej të kishte shpërthyer para dhjetë sekondash. Rreziku mbaroi. Dëshiron të pish diçka?". "Helm!", iu përgjigja.

"Oh, mos u mërzit, atë do ta pish sapo të zbresësh në tokën tënde. Po ashtu edhe unë. Tani le të pijmë uiski.".

"Pijmë", i thashë.

Ai nxori nga çanta një shishe "Jack Daniels" dhe e ktheu. Pastaj ma dha mua. Para se ta rrëkëlleja edhe unë, i thashë se më shëmbëllente me një kauboj, ndërsa ai ma ktheu se i ngjaja me një kastravec. Qeshëm të dy. Ngrita shishen me gllënjka të mëdha.

"Qenke më kauboj se unë.", më tha.

"Kurse ti më kastravec se unë.", ia ktheva. Qeshëm prapë.

"Për jetën!", uroi dhe piu me gllënjka më të mëdha se unë.

"Për vdekjen!", ia ktheva e qeshëm sërish.

Njerëzit filluan të riktheheshin. Zëri në altoparlantë kërkoi falje: lajmi kishte qenë i rremë. Ne qeshëm përsëri, duke e ngritur shishen:

"Për lirinë!", tha ai.

"Për skllevërit!", ia prita unë. Ai, duke qeshur, ma kthen uiskin turinjve. "Këta që ikën janë skllevër të jetës së tyre, e vetmja forcë që i shtyn përpara është frika", tha. "Më duket se flet kot!", i thashë.

"Hej kastravec, mos u bëj kontradiktor me veten! Një kauboj s'mund të flasë kurrë kot!", më këshilloi.

"Do t'ju tregoj policëve që ti e ke hapur lajmin e

rremë!", e kërcënova.

"Ti nuk je spiun!".

"E nga e di ti?".

"Dukesh nga kafka që nuk je njeri normal!".

"Kur nuk je normal, do të thotë që je i marrë!", i thashë.

"Nuk është e thënë, mund të jesh edhe gjeni. Vetëm unë, që e dija se lajmi ishte i rremë, dhe një gjeni, jeta e të cilit nuk komandohet nga frika e vdekjes, mund të rrinin këtu!", tha ai.

"Mund të rrinte edhe një budalla, që nuk e di se çfarë është jeta dhe vdekja!", argumentova.

"Budallenj të tillë nuk udhëtojnë me avion.".

"Pse e bërë gjithë këtë? Pse zgjodhe të ma tregoje mua?".

"Sepse ata shkërdhatat mezi të lanë të kaloje me libra, me librat e tyre. A nuk të duket e padrejtë që dikush të detyron të paguash dy-tri herë për librat, që janë në interes të bythës së tij të shpërndahen?".

"Ti je anëtar i ndonjë organizate që nuk i ka qejf doganat? A mos ëndërron të jetojmë në një botë pa kufij? Në një botë internacionale?", e pyes e ai qesh.

"Nuk jam anëtar i asnjë shoqate, organizate, partie apo ndonjë bashkimi të këtij lloji. Eja shkojmë në vendlindjen time e pyet se çfarë jam unë. Po nuk të thanë që jam njeriu më i rëndomtë, më pështyj në fytyrë!".

"Unë nuk pështyj njerëz në fytyrë edhe nëse më shkaktojnë lëndime të mëdha.".

"Çdo lëngatë e ka një fund, djalosh, por më duket se ty ta kanë tredhur trurin.".

Ika. Iu afrova punonjësit që më kishte bërë regjistrimin e bagazheve. Ai më kërkoi falje për turbullimin e ndodhur. "Pse po më kërkon falje, nuk je ti shkaktar!", i thashë dhe kalova. Fluturimet ishin shtyrë. Prita në sallën bosh. Pak njerëz udhëtonin drejt juglindjes. Dy i njoha. Ishin zyrtarë të shtetit tim. Bëra si i huaj. Nuk u dhashë të njohur. Edhe njëherë në altoparlantët e aeroportit ushtoi zëri i lajmëruesit: telefonuesi i rremë ishte arrestuar nga policia. U ngrita dhe u ktheva mbrapsht deri te punonjësi i regjistrimit të bagazheve. Nga larg pashë se burri me mjekër, me të cilin kisha pirë uiski, lexonte qetësisht një gazetë. Më erdhi turp nga vetja që e kisha akuzuar kot. Ai mund të ishte një njeri kurajoz, që nuk i trembej vdekjes.

U ktheva mbrapsht dhe, sapo në ekranin e sallës u shfaq mbërritja e avionit të linjës sime, u ngrita dhe bashkë me udhëtarët e pakët morëm autobusin që na dërgonte drejt e në hyrje të tij.

Pasi zura vend, vërejta se nuk kisha njeri rreth e rrotull. Një zë i ëmbël na uroi mirëseardhjen në bord dhe na tha se udhëtimi nuk do të ishte i lehtë prej erës së madhe që frynte. Megjithatë, do të ishim tepër të sigurt falë aftësive të kapitenit McWick dhe cilësisë së lartë të avionit, prodhuar një vit më parë nga kompania amerikane "McDonalds Duglas". Ndoqa me bezdi instruksionet në rast rreziku, ndërkohë që avioni ishte shkëputur nga pista. Pyeta për kufjet. Doja të ndiqja disa stacione radioje, si dhe muzikën që preferoja. Stjuardesa e lezetshme më pyeti se çfarë doja të pija. Kërkova vodkë "Stalinskaja".

"Kam frikë se nuk kemi zotëri, do të preferonit vodkë 'Gorbatchev'?".

"Njëlloj është", i thashë.

Avioni e kishte çarë shtresën e parë të reve dhe unë e kisha mbaruar gotën e parë. "Përsëri 'Gorbatchev'?", më pyeti stjuardesa.

"Deri në fund të udhëtimit vetëm 'Gorbatchev'", i thashë, duke menduar se mbarova punë me të. Pas pak më tha se edhe ajo kishte mbaruar e më pyeti nëse do të preferoja vodkë "Rasputin". Iu përgjigja "po" e ngula sytë mbi pushin e reve që më ndante prej tokës, por stjuardesa nuk m'u nda. Më tha se kishte frikë se unë do të dehesha.

"Nëse ndodh, dehem për vete zonjushë, por unë pi gjithmonë dhe kurrë nuk dehem. Rrini e qetë!", e garantova.

Vërejta se retë po lëviznin si të marra. Zbrisnin deri afër tokës, nxiheshin, mrroleshin, ngriheshin lart, deri afër barkut të avionit, e shpërthenin në rrufe të zjarrta kur takoheshin me njëra-tjetrën. Me po kaq zemërim largoheshin. Avioni ecte sipër tyre. Por edhe ato, jo rrallë na e kalonin. Duke ecur përmes tyre, avioni tundej si karroca e qumështit nëpër rrugët e fshatrave. Nuk do të ishte keq që dikush të ndërtonte një mur, të paktën një gardh, për të ndarë retë nga njëra-tjetra. Pasojat e zemërimit dhe betejave të tyre i paguanin njerëzit në tokë. Rrufetë që digjnin pyje, shirat që përmbysnin fusha, shtëpi e qytete, mjegullat që verbonin diellin e jetën, erërat që shkatërronin gjithçka. Njerëzia nuk mund të rrijë gjithë jetën në avion e prej aty të sodisë katastrofën.

"Po zbresim!", lajmëroi një zë, i cili edhe na këshilloi të shtrëngonim rripat. Duhen shtrënguar rripat. Sa herë u jepet njerëzve kjo këshillë. Më mirë është t'u thuhet: shtrëngoni bythën, diçka e rrezikshme po ndodh! Nëse duhet që të vdisni, vdisni pa u turpëruar nga frika. Skllevërve nuk është mirë t'u thuhet "mos kini frikë". Kush guxon të mëkojë trimërinë në shpirtin e tyre? Frika është forca që ekuilibron padrejtësinë. Kjo e fundit ekziston se ekziston frika. Është e vetmja forcë... kështu u shpreh burri që nuk luajti vendit në aeroport, kur u dha lajmi se ishte vendosur një bombë.

Ne shtrënguam rripat. Avioni tundej si varkë mbi dallgë. "Temperatura në tokë është minus katër gradë. Shpejtësia e erës...", nuk e mbaj mend sa ishte. Pashë tokën time, e kodërt dhe zhytur në errësirë. Asnjë dritë për be nuk shquhej. Thua se gjithçka kishte dhënë shpirt. U mundova të imagjinoja brendinë e varfër të atyre shtëpive të ulëta, që nuk shquheshin, dhe më kapën të rrëqethurat. Kur avioni u ul, përveç dridhjeve normale që dëgjohen kur rrotat e tij prekin tokën, dëgjova edhe duartrokitje. Madje pati edhe zëra: "Bravo!". Ndoshta i drejtoheshin kapitenit

McWick dhe stafit të pilotëve në bord. Ndoshta kompanisë që kishte prodhuar avionin.

U instruktuam për herë të fundit që të mos lëviznim derisa avioni të ndalonte plotësisht. Në kabinën kryesore të komandës të aeroportit të vogël nuk kishte energji elektrike. Autobusi, që na mori në pistë, mbante erë naftë dhe cigare.

Shoferi pyeti një të huaj nëse kishte ndonjë paketë "Marlboro". I huaji pohoi, por shtoi se e kishte për vete. Shoferi shau nëpër dhëmbë dhe në këtë çast u dëgjua edhe fishkëllima e derës që u hap dhe e erës që na hyri nëpër veshë.

## ERA

Në fillim m'u duk se era do të ma ndryshonte edhe rrjedhën e qarkullimit të gjakut. Thuhej se dritaret që kishin qenë hapur në çastin kur kishte filluar era, jo vetëm ishin thyer, por edhe ishin shkulur bashkë me kanate. Ishin thyer dyer dhe nga kalendarët e varur nëpër muret e palyera kishin fluturuar të gjitha datat. Akrepat e orëve lëviznin herë sipas rregullit e herë në krah të kundërt me shpejtësinë që ua kishte ënda. Në ajër u përzien pluhurat e njëqind vjetëve të fundit me gjethe të kalbura e të njoma, me copëra letrash e gazetash, rroba të grisura, çarçafë të copëtuar me njolla gjaku, parulla kartoni me shkronja të mëdha kilometrike, kuti të mëdha dërrasash sa një qeli burgu, skelete njerëzish, shpendësh e kafshësh, që u përplasën e u thërrmuan, duke i shtuar ajrit një erë të rëndë kockash të bluara. Fluturonin në ajër llamba elektrike akoma të ndezura, mbathje me mbetje menstruacionesh, kapele dhe flokë njerëzish, në kërkim të të cilave nuk shfaqej askush. Pelena fëmijësh, gryka çizmesh, gëzhoja të ndryshkura plumbash nga lufta e fundit botërore, rripa ushtarësh e uniforma. Një lëmsh teli me gjemba hyri drejt e në krevatin e boshatisur të një plake, që i kish vdekur biri i vetëm.

Ata që era i kishte zënë në shtëpi, mbetën brenda me dritare, derë e veshë të mbyllura. Ata që u gjendën në rrugë, era nuk i lejonte të ktheheshin mbrapsht në shtëpi, edhe sikur të donin. Ata që rrinin në ballë të turmës, ndërroheshin brenda minutave e pas vetes tërhiqnin edhe radhën e dytë, të tretë e kështu me radhë. Ata që ishin në fund, kishin shans të gjendeshin në krye krejt rastësisht, pa dashjen dhe vullnetin e tyre. Era i vërviste njerëzit nga t'ia kishte ënda. Ata ndjeheshin të pafuqishëm dhe shumica i ishte dorëzuar vullnetit të erës pa asnjë lloj përpjekjeje për ta kundërshtuar. Ata, tashmë, nuk e dinin se ç'bënin. Dinin vetëm se ishin në rrugë dhe që po frynte një erë, që nuk po ua ndërronte pozicionin vetëm sendeve.

Masa e erosur e njerëzve e kishte humbur fillin e komunikimit. E vetmja gjë që i lidhte akoma ishte era. Fati i njëjtë nën pushtetin e saj. Fjalët që thoshte njëri për shokun e tij në brinjë, i merrte era dhe ia dërgonte dikujt tjetër, ndërsa vetë personin e zhvendoste pranë një të panjohuri. Në veshët e tij përplasej një përgjigje, një e sharë, një urdhër krejt pa vend, i paarsyeshëm, aq më pak i kuptueshëm. Askush nuk ishte i zoti t'i përgjigjej tjetrit. Jo thjesht se nuk dinte si t'i përgjigjej, por se nuk e njihte. Njerëzit filluan të ankoheshin se nuk po e kuptonin njëri-tjetrin. Dikush tha se ata kurrë nuk e kishin kuptuar, ndaj s'kishin pse të ankoheshin në këtë kiamet, ku as zoti vetë nuk kuptohej.

"Pas kësaj ere, gjithçka do të jetë më mirë". "Na mbyti era e mutit". "A ka njeri të aftë që të na prijë?". "Poshtë optimistët!". "Ky është shkatërrim, ato që ndërtuam me gjak e djersë po shkatërrohen". " Një mut keni ndërtuar". "Kjo është koha më e bukur për të bërë dashuri. A e di çfarë thotë Frojdi për dhunën dhe seksin?".

"S.S.-ja ka dhjerë në pantallona". "Ku i dihet?". "Kjo erë, dikujt ia mbyll plagët e dikujt i hap plagë të reja". "Nuk është ashtu, shiu vetëm do të na kalbte më tepër, për këtë erë kemi pasur nevojë". "U rivarrosën eshtrat e Farmacistit Miop". "Kot ia fut edhe ti". "Nga varret nuk lëviz njeri!". "Dje, në gazetë shkruhej se gratë e Britanisë së Madhe kanë harxhuar dyqind e tetëdhjetë milionë paund për të blerë deodorant". "S'është kohë për teorizime, të lutem, vetëm veprim". "E lexuat vjershën "Gishtat e ngritur në erë"?". "Po më shpëton shurra". "Kam harruar groshët në furnelë". "...bëje në televizion". "Dëgjohen zhurma tankesh". "Lyhen me parfum...". "Nevojtore". "Veç t'ia fus një herë". "...shkop gome, thanë, se janë me korrent". "Lëri ato plehra!". "Ku i kanë blerë?". "...Britania e Madhe, i kam lexuar në gazetë".

"Duhet ndërruar sistemi shoqëror". "E kam thënë unë, ata janë të gjithë pederastë". "Në një W.C në Edinburg kam parë të shkruar 'Fuck me hard'". "Kjo ndodh kudo". "A është e vërtetë që atë e kanë vrarë?". "Ia kanë futur një pishë të madhe të ndezur në gojë. E kanë lidhur në këmbë të krevatit dhe në atë krevat ia shkërdhyen të shoqen një togë me ushtarë". "Të mos guxojë njeri të përmendë varre dhe të vdekur!".

"Burrë është ai që rrëzon një mur dhe ngre një urë". "Kush është e para: veza apo pula?". "Ai po bën dritë". "Mos na bëni muhabete pularie!". "Po të kisha pasur një copë mish në groshë, që tani po digjen në furnelë, dhe një femër në shtrat, kurrë nuk do të më kishit parë në rrugë". "Tani na e ka zënë rrota bishtin". "Ku i dihet, nesër mund të jemi njerëz të mëdhenj". "Unë shkruaj në gazetë". "Pfu, na mbyti era e mutit". "Dje u shpallën rezultatet e garave. Fituesit ishin po ata". "Jam lodhur duke u kujdesur që të jem i kujdesshëm, nuk shtyhet jeta kështu". "Nuk është e vërtetë, unë e njoh personalisht". "Po ty kush të njeh more zagar?". "Kam ndërruar modelin e flokëve".

"Kështu bëjnë të gjithë pederastët". "Ky është revolucion". "Unë kam qenë gjithë jetën kauboj". "Duhet t'u shtojmë fjalëve një nuancë të re". "A të kujtohet kur të kam thënë…". " Shirat janë të dobishme për bujqësinë". " Kështu pra, askush nuk do të fitojë nga kjo erë". "Ne urojmë që të mos humbë njeri". "Gjithmonë kështu ka qenë, të ndryshojmë duke lënë gjithçka ashtu siç ishte". "Nuk më çahet bytha për groshët e tua". "Kur bëhen revolucione, më vjen për të qeshur". "Ky është një manifestim seksual". "Shttt, gazetarë të huaj!". "Lesh arapi është bërë këtu". "Leshi i sat'ëme". "Më duket se më erdhën ato". "T'i rrëzojmë mitet e vjetra". "Çfarë tha ai burri për mutrat e vjetër?". "Nuk bëri asi muhabeti, po flet për mitet". "Njëlloj janë". "Laje gojën kur të flasësh për atë!". "Ta lajë trupin me gjak". "S'po dëgjoj asgjë". "Kam qenë i pari që e kam thënë këtë gjë". "Të gjithë kemi qenë të parët, prandaj jemi në fund". "Këtu askush nuk dëgjon, të gjithë urdhërojnë". "Të thërrasim në ndihmë historinë". "Atë histori që kemi ne, më mirë është ta harrojmë". "Paterica ideologjike". "Sensi i ekuilibrit dhe i drejtësisë". "Ik ore pirdhu, spiun". "Ai që u plagos dje ka nëntë plagë, nëntë mjekë e infermiere i rrinë te koka e pas nëntëdhjetë e nëntë ditësh thuhet se do të flasë". "Kjo është legjendë". "Në legjenda nuk ka pasur automatikë kallashnikovë". "Çfarë pjell macja, ha vetëm minj". "Hëngsh veten me gjithë groshët e tua!". "Minjtë hanë akrepa, akrepat që na e helmojnë jetën". "Bota ka shkuar me kohë në hënë". "Nuk është e vërtetë, bota është po aty ku ka qenë dhe hëna po atje". "E bardha është e bardhë dhe e zeza është e zezë". "Ti je bojaxhi?". "Jo, jam piktor". "Qentë shohin bardhë e zi". "Mos leh kot". "Nuk po leh, por dëgjohen angullima qensh".

"Parimet e larta...", ky zë doli nga një altoparlant i madh. "Ah, biri i kurvës, akoma flet për parime". "Pse të mos flasë? Për këtë po luftojmë. Gjithkush të ketë të drejtë të flasë". "Gjithkush po, por jo ai që është askushi". "Po ti, kush je?". "Unë jam nga një familje shumë e mirë". "Unë s'kam lidhje me këta, më zuri era jashtë e mbeta këtu". "Thojini policisë të jetë më e kujdesshme. Kjo erë mund t'ua heqë kapelat edhe atyre". "Hej, po bëhet nami andej, era e ka rrëzuar për rrënjësh sistemin shoqëror!". "Mos u mërzisni, i ka pasur të kalbura rrënjët me kohë". "Është gjaku i prindërve të mi në themel të tij". "Të urrej për vdekje!". "Pse?". "Shttt, po flet një prift". "Çfarë prifti është ai? Deri dje ka qenë zdrukthëtar". "Ndoshta, por ai po flet për dashurinë hyjnore, për paqen, pajtimin". "Gjithë priftërinjtë i bien në një vrimë". "Vrimës së nënës tënde, në i rënçin, shkërdhatë". "Të thashë unë, është bërë lesh arapi këtu".

"Besoj se do të pushojë kjo erë. Më duket se nuk po fryn më, prit të dëgjojmë...!".

# EPILOG

U kthyem vonë në shtëpi. Atë natë në qytet nuk ra mjegull dhe ata vunë re se rrugët kishin ndryshuar vendin e tyre. Ajo që pak kohë më parë konsiderohej rrugë kryesore, tashmë ishte zhvendosur në bisht të qytetit e, për rrjedhojë, shkelej tepër rrallë nga kalimtarë të dyshimtë. Në kryqëzimet e rrugëve të reja nuk kishte semaforë, veç ndonjë polic të pikëlluar me uniformë të shlyer, që më tepër u jepte mbrapsht makinave të pakta sesa ndihmonte në rregullimin e trafikut. Pas njerëzve të fillimit, atyre që era i gjeti në rrugë, dolën disa të tjerë që ndollën një shi viskoz, të njelmët, me ngjyrë gjaku. Perënditë ishin shurdhe si gjithmonë. Njerëzit tashmë kërkonin të afërmit e tyre, të dashurit, për të cilët nuk patën kohë të mendonin në mes të atij rrëmeti që kaloi nëpër qytet. Spitalet kishin hapur dyert krahë më krahë. Kirurgët riparonin njerëz natë e ditë nën kërcënimin e armëve të të afërmeve të pacientëve. Qytetit i ishin thyer jo vetëm gjymtyrët. Diçka e rëndë kishte ndodhur edhe me shtyllën e tij kurrizore dhe eshtrat e toraksit. Thanë se edhe vajza e Farmacistit Miop ishte shtruar në spital. Kur e kishin operuar, nga kraharori i kishte shpërthyer një llavë e presuar mjegulle, që, në fillim, kish mbushur sallën e operacionit e pastaj kishte shpërthyer dyer e dritare, duke iu turrur qytetit. Në këtë çast, asaj i kishte dalë narkoza dhe kishte filluar të merrte frymë rëndë me mushkëritë e ekspozuara në dritat e forta të sallës së operacionit. Kishte arritur që, pas pak, gjithë mjegullën e shpërndarë ta mblidhte edhe njëherë në mushkëri, duke e shpëtuar qytetin nga terri i zi.

Thanë se kishte folur:

"Një varr të thellë më bëni, varroseni edhe këtë mjegull bashkë me mua. Kjo mjegull që na ndan, kjo errësirë që fsheh të vërtetën, kjo ftohtësi që na mban larg, që na ka ndarë nga njëri-tjetri e nga bota, kjo e ka fajin. Mallkim mbi këtë lyrëtirë të hirtë, përzier me gjak! Mallkimi rëntë edhe mbi ata, që, duke na rrasur në këtë mjegull, nuk na lejuan të shihnim se kundër kujt duhej të luftonim, për çfarë duhej të përpiqeshim. Nuk mundëm kurrë të arrinim aty ku duhej, se kurrë nuk e ditëm se ku duhej të arrinim. Kemi luftuar me fantazma të pjella prej trurit tonë të çoroditur.

Tani që unë e kam thithur mjegullën, më varrosni bashkë me të. Bëni kujdes! Më bëni një varr të thellë e mbi të ndërtoni një piramidë të madhe. S'kanë qenë të marrë egjiptianët e lashtë që i varrosnin faraonët e tyre poshtë piramidave gjigande. Donin të siguroheshin që ata nuk do të ktheheshin më në jetë. Nuk donin që edhe mumjet e prindërve t'i linin peng për hatër të tekave të tyre. Ata donin që të vdekurit të rrinin veç në atë botë e të gjallët veç në këtë tjetrën. Duhet të ketë patjetër një kufi mes vdekjes e jetës.

Varrosjet, zhvarrosjet, rivarrosjet e zymtojnë jetën e ia humbin çmimin dhe shenjtërinë vdekjes."

Edhe pse të kapërthyer në halle të pakallëzueshme, njerëzit i bashkëngjitën variantit të parë dhjetëra hamendje, shtesa e përpunime. I hoqën pjesë të tëra e i rregulluan thëniet e saj sipas ëndjes, oreksit dhe, sipas zakonit të vjetër, e ndryshuan këtë variant, duke e quajtur të pavërtetë. Në variantet e krijuara prej tyre, historia tingëllonte krejt tjetër histori.

"Mos u merrni me të, ajo ka mbetur shtatzënë me mjegullën dhe pritej të pillte një re!". "E bija e atij që ka ngrënë gjithë kërpudhat e helmuara të qytetit?". "E kam parë tek pështynte minjtë e kanaleve mu në mustaqe dhe teksa shndërrohej në mace memece". "I ka plasur kraharori prej ofshamave, ngaqë e ëma ia vrau të atin dhe ia varrosi poshtë krevatit. S'janë për t'u besuar njerëz të tillë!". "Ishte budallaçkë, e kanë parë duke shëtitur me Hafizen e çmendur, me atë gruan që flet me sendet". "Edhe me një të marrë tjetër e kanë parë, me atë që i duket vetja si shkrimtari më i madh i qytetit e që thotë se nuk i del shpirti pa shkruar një libër për qytetin tonë, libër që akoma nuk e ka nisur". "Po, veç ka qenë vajzë e bukur!".

"Bukuri nate, misterioze, e mbështjellë me mjegull". "Ka qenë Ora e Qytetit!". "Ajo nuk ishte femër, ishte Zanë, por jo Zanë Mali, ishte Zanë Qyteti!". "Zanë e butë". "E egër ka qenë!". "Jo, e butë!". "Jo, e egër". "E butë". "Para se të shkonte në spital, thonë se ka lindur një foshnje me dy koka". "Me dy koka?". "Si zogu që është në simbolin e qytetit tonë?". "Më mirë është të lindësh një foshnje me dy koka sesa një me dy fytyra". "E di, por foshnjë me dy koka lind vetëm kur bën dashuri me katallana, diva, dragonj, zota apo bij zotash". "Ku i dihet, ndoshta i dashuri i saj është bir perëndie". "Na habite, në pyllin e qytetit tonë nuk ka kurrfarë qenie të egër, veç kërpudha të helmuara. Edhe zogjtë janë arratisur".

"Pse të mos i ngremë një monument? Ajo e shpëtoi qytetin". "Të pshurrsha në monument, a pak monumente kemi ngritur për ata që thuhet se e kanë shpëtuar qytetin?". "Nuk i ngrihet monument bijës së një kurve! Nëna e saj ishte kurvë, dakord jemi për këtë?". "Nuk po flasim për nënën e saj, as për të atin, po flasim vetëm për të". "Ajo nuk mund të merret e shkëputur, kjo nuk është dialektike, gjërat në këtë botë janë të lidhura, të ndërthurura dhe me rrjedhime, të cilat duhet të paramendohen. Aq më tepër nëse duhet të paguajmë ne për të ngritur monumentin e saj". "Te paratë e ke mendjen, kurrë s'ke për të parë dritë!". "Pse, ti që e ke mendjen te barazia në varfëri, do të shohësh dritë ndonjëherë?". "Mos flisni kot, bëhet fjalë për të ardhmen e këtij qyteti, të varfër e të pasur jemi përkohësisht, ndërsa monumenti i saj nuk ka të paguar. Ajo dha jetën e saj të re, ajo piu mjegullën, që po na pinte gjakun".

"E ke gabim.".

"Jo, ti e ke gabim.".

"Ne, të gjithë, e kemi gabim.".

"E gjeta! Ne duhet t'i ngremë një monument GABIMIT!".

\*\*\*

Të nesërmen, bashkë me veten time po lypnim adresën e re të Piktorit Bojëhiri. Donim të shihnim tablonë, atë që nuk e kishte mbaruar ende kur i vizituam studion. Nga mesdita, të lodhur nga kërkimi pa rezultat, u kthyem në shtëpi. Na erdhi keq që nuk e pamë dot atë pikturë. Ishte e fundit e atij cikli të papërfunduar dhe ishte tepër e vështirë të hamendësoje se si do të përfundonte.

Vetja ime më tha t'i rikthehehim përrallës sonë të vjetër, por unë s'kisha fuqi.

## ZOGU I ZI

Përballë dritares sime nuk është më kopshti katror, si sirtar i gjelbëruar. Prej aty, asnjëfarë lloj zogu nuk këndon gjatë ditës së lume. Kështu që kënga e tij s'ka se si të më hyjë në dhomë e të më bëhet zot. Kënga e zogut që nuk është, s'ka se si të më flasë për jetën e tij dhe të fisit të tij. Ulur në karrige, nuk shoh më ëndrra, shoh veç një realitet të përcëlluar, pastaj edhe një tjetër, edhe një realitet tjetër po kaq të djegur, për jetën time e të fisit tim. Tharë prej kësaj boshësie të tymtë, nuk shoh më asgjë.

*Leeds, Angli     22.04.1994*
*Bukuresht, Rumani 07.07.1997*

www.ingramcontent.com/pod-product-compliance
Lightning Source LLC
LaVergne TN
LVHW031611060526
838201LV00065B/4812